Contes et Légendes
L'Afrique
d'ouest en est

© Éditions Nathan (Paris, France), 1997, pour la première édition.
© Éditions Nathan (Paris, France), 2012, pour la présente édition.
Loi n° 49-956 du 16 juillet 1949 sur les publications destinées à la jeunesse
ISBN 978-2-09-253187-7

YVES PINGUILLY

Contes et Légendes
L'Afrique
d'ouest en est

Illustrations de Cathy Millet

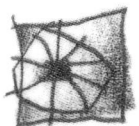

Que les pages de ce livre, mises en mots par les tam-tams parleurs, les baobabs fétiches, les masques sacrés et les lacs salés de quelques Afriques, soient un miel sauvage pour le cœur et le corps de Rokia, princesse dioula-bété de Korhogo ; de Sarang, princesse peule du Fouta-Djalon ; d'Assana, princesse kabiyé de Lama-Kara ; de Lalibella, princesse djiboutienne des montagnes d'Arta ; de Monique, princesse des collines d'Argoat et des côtes de l'Armor.

Les mots et la vie sont comme le caméléon.
Ils peuvent changer de couleur.

Petit Abécédaire
Africain pour mieux
lire les contes

A

AKPOYO : C'est une araignée ; elle est dans les contes kabiyés (nord du Togo) la femme d'Andjaou. Akpoyo est toujours naïve et soumise à son mari.

ANCÊTRES : Parents proches qui sont morts. Ils sont aimés et on leur rend hommage par des offrandes et des sacrifices.

ANDJAOU : C'est une araignée. Dans les contes kabiyés (nord du Togo) dont elle est le héros, on dit « un » araignée. Andjaou peut avoir tour à tour tous les défauts ou toutes les qualités.

APATAM : Construction sur pilotis, au toit en paille ou en feuilles de palmier tressées.

B

BALAFON : Instrument de musique à percussion, constitué de lamelles de bois sous lesquelles sont fixées des calebasses.

BAOBAB : Grand arbre des savanes, à tronc très épais.

BEIGNET DE HARICOT : Boulette de pâte de haricot, cuite à la vapeur ou dans l'huile. Apprécié particulièrement au Burkina-Faso.

BOUBOU : Vêtement long traditionnel porté par les hommes.

BOULE DE MIL : Pâte de mil de forme arrondie. Au Tchad, on fait un trou au milieu pour la sauce. On dit souvent « manger la boule et la sauce ».

BOULE DES PLEURS : En pays sara, au Tchad, c'est une boule de pâte de mil, mangée avec une sauce sans sel, trois semaines après une naissance. Elle symbolise les souffrances de la mère pendant l'accouchement.

BOUTI : À Djibouti, c'est l'ogresse de nombreux contes. Elle est connue de tous les jeunes enfants qui la craignent.

BROUSSE SANS PÈRE NI MÈRE : Cette expression

est employée pour désigner la brousse lointaine… peut-être dangereuse.

BROUTER : C'est le verbe employé par les Djiboutiens pour dire qu'ils mâchent et sucent les feuilles de cette drogue qu'est le khat.

C

CAILCEDRAT : Grand arbre commun d'Afrique de l'Ouest. Son bois est rouge et dur.

CALEBASSE : C'est le fruit du calebassier. Coupé en deux et évidé, ce demi-fruit séché peut servir de récipient pour le lait ou le riz, ou bien d'autres choses. Son contenu est une calebassée.

CANARI : Vase en terre cuite dans lequel on conserve l'eau bien au frais.

CIRCONCISION : Petite intervention chirurgicale sur le sexe du garçon quand il est enfant ou adolescent. La circoncision est surtout pratiquée chez les Juifs, les Musulmans et dans de nombreuses sociétés africaines. En Afrique, c'est un rite initiatique : circoncis, on est devenu grand.

COLA : Fruit du colatier. (Voir *noix de cola.*)

COMPLET-PAGNE : Ensemble pour femme, composé de trois pièces taillées dans le même tissu : une longue veste (camisole), une large jupe et un mouchoir de tête.

CONCESSION : Terrain regroupant plusieurs cases où vit une grande famille.

CORA : C'est une « harpe africaine » qui possède entre vingt et une et vingt-six cordes. C'est un instrument de musique très mélodieux.

COURONNE DE SORGHO : Il s'agit d'un bandeau (*urugori*) fait en tige de sorgho. Il n'est porté au Rwanda que par les jeunes mariées et les mères ; il est le signe de la maternité.

D

DABA : Houe pour retourner la terre.

DABOYTA : Habitation traditionnelle du peuple afar. C'est une seule pièce en forme de demi-sphère, en fibre de palmier-dattier. Le peuple somali appelle cette même habitation traditionnelle, qui est aussi la sienne, une *toukoul*.

DEVINS : Dans le Rwanda ancien, ce sont des religieux qui organisent des cérémonies sacrées. C'est par ailleurs une personne qui lit et dit le passé et l'avenir avec des coquillages, des poussins, etc.

DIRIX : Robe légère du dessus qui, à Djibouti et dans les pays voisins, se porte sur un jupon brodé.

DJÉCOUMÉ : Plat togolais composé de volaille, viande rouge, farine de mil ou de maïs grillé et huile de palme.

DJOLIBA : Nom du fleuve Niger quand il traverse certaines régions d'Afrique.

DOLO : Boisson alcoolisée dite souvent bière de mil. Le terme *dolo* est employé au Burkina-Faso. Ailleurs, on peut dire *chapalo*, *tchoucoutou*, *douma*, *kiap*, etc.

E
EAU DE COCO : Jus de la noix de coco dont la maturité n'est pas achevée.

F
FÉTICHE : Objet que l'on dit chargé d'un pouvoir surnaturel qui peut avoir un effet protecteur ou maléfique. Le féticheur est celui qui dans les religions traditionnelles organise les cérémonies sacrées.

FOO PLIGUENA : En langue sénoufo, salutation donnée la nuit, de dix-neuf heures jusqu'au matin.

FOO TCHANGANA : En langue sénoufo, salutation donnée entre dix heures et seize heures.

FOO YÉHÉNA : En langue sénoufo, salutation du matin.

FOUFOU : Dans plusieurs pays d'Afrique de l'Ouest, pâte de maïs ou de manioc servie sous forme de boule.

FOUTOU : Plat composé de boulettes de banane, ou d'igname, ou de manioc. Il est accompagné de différentes sauces : sauce-graine, sauce arachide, sauce-gombo, etc.

FOX : Encens qui dans la corne de l'Afrique sert, d'une part, à parfumer les maisons et, d'autre part, à l'occasion de cérémonies religieuses.

FRÈRE DE LAIT ET DE SANG ou liens du lait et du sang. (Voir *même père même mère.*)

FROMAGER : Grand arbre d'Afrique ; il est quelquefois gigantesque !

G
GANGAONGO : Chez les Mossis, au Burkina-Faso, c'est le grand tam-tam de la cour ; il mesure deux mètres de long pour un mètre de diamètre.

GAYANGA : Grand arbre du Tchad, dont on consomme les fruits une fois séchés.

GOMBO : Plante alimentaire. Le fruit allongé et rond sert à composer une célèbre sauce.

GOUM : Plante potagère utilisée pour préparer une sauce gluante.

GOYAVE : Fruit du goyavier dont la saveur est très appréciée.

GRENIER : En Afrique subsaharienne, le grenier est

une construction autonome, cylindrique, en terre ou en tiges végétales tressées ; il est couvert d'un toit de paille.

GRI-GRI (ou gris-gris) : Petit objet que l'on dit magique et qui aurait le pouvoir de guérir, de porter bonheur ou malheur.

GRIOT : Musicien et poète d'Afrique de l'Ouest. C'est lui qui a en mémoire la tradition orale.

H

HARMATTAN : Vent d'Afrique, chaud et sec, venant du nord et de l'est.

HOBOB : Nom du fruit du jujubier dans la corne de l'Afrique.

HOMMES-CAÏMANS, HOMMES-LIONS : Sociétés secrètes d'hommes qui imitent les caïmans ou les lions. Ces appellations ont pour origine des croyances africaines qui disent que les hommes peuvent se transformer en animal.

HUILE DE PALME : Huile tirée de la pulpe des fruits du palmier à huile.

HUPPARD : Oiseau rapace à ailes rouges. La couleur rouge est le signe du malheur en pays mossi.

I

INITIÉ : L'initié est celui qui a subi les épreuves

rituelles par lesquelles on doit passer dans chaque société africaine pour devenir un homme. L'initié est aussi dans certains cas le chef spirituel d'une communauté. Il est alors tout autant chef religieux que maître des secrets pastoraux et de la brousse.

IGNAME : Gros tubercule que l'on consomme en purée, en frites ou en pâte cuite.

J

JUJUBIER : Arbre commun d'Afrique dont les fruits et les feuilles sont diversement utilisés selon les régions. En terre d'Islam, le jujubier est un arbre paradisiaque.

K

KAPOKIER : Bel arbre d'Afrique qui produit le kapok. Ses fleurs peuvent être blanches, rouges ou jaunes.

KARITÉ : Grand arbre d'Afrique qui donne des noix à partir desquelles on obtient du beurre et de l'huile.

KHAT : Feuilles de l'arbuste du même nom qui pousse en Éthiopie et au Yémen. Très consommé à Djibouti. Les hommes et quelques femmes *broutent* cette drogue hallucinogène.

KHASIL : C'est, dans la corne de l'Afrique, la feuille du jujubier écrasée, réduite en poudre. Les femmes s'en font des masques de beauté et du shampooing.

KOUTIÉLO : C'est pour les Sénoufos (Côte-d'Ivoire) le créateur, le Dieu suprême.

L

LAC ASSAL : C'est une croûte de sel humide qui s'étale sur une dizaine de kilomètres, à Djibouti. Ce lac est situé à 155 mètres sous le niveau de la mer. C'est le point le plus bas du continent africain.

LAPYA : « Bonjour », en langue sara (Tchad).

LUNE DE KABOZA : Au Rwanda, mois lunaire (sur décembre et janvier) ; c'est la fin de la petite saison des pluies.

LUNE DE MUTARAMA : Au Rwanda, mois lunaire (sur janvier et février) ; c'est la petite saison sèche.

LUNE DE WERURWE : Au Rwanda, mois lunaire (sur mars et avril) ; il correspond au milieu de la grande saison des pluies.

M

MAHAMOUD HARBI : Homme politique considéré comme le premier militant de l'indépendance de Djibouti.

MALXAMED : Châle léger, très coloré, avec lequel dans la corne de l'Afrique les femmes se couvrent la tête et les épaules.

MANGE-MIL : Petit oiseau, vivant en bande. Il attaque beaucoup les cultures.

MARGOUILLAT : Sorte de gros lézard coloré.

MARIGOT : Pièce d'eau stagnante.

MÊME PÈRE MÊME MÈRE : Expression qui précise bien que l'on a le même père et la même mère. Dans les sociétés africaines où les hommes peuvent avoir plusieurs femmes, on a souvent un frère ou une sœur qui n'est pas de la même mère. Quelquefois, on remplace *même père même mère* par *frère de sang et de lait*.

MIL : Graminée cultivée qui pousse dans les régions de savane. Il en existe plusieurs variétés : le mil blanc, le petit mil, etc.

MOSSI : Peuple d'Afrique vivant sur le territoire du Burkina-Faso. Les Mossis parlent le mooré.

MOOGHO : Premier territoire sur lequel règne le Moogho Naba de Ouagadougou.

MOOGHO NABA (ou Mogo Naba ou Morho Naba) : Titre porté par le souverain (l'empereur) du pays mossi, vivant à Ouagadougou.

MOUCHARABIEH : Grillage de bois qui masque une fenêtre et permet de voir sans être vu. C'est un élément de l'architecture traditionnelle arabe.

N - O - P

NABA : Titre porté par un chef chez le peuple mossi.

NÉRÉ : Arbre dont le fruit employé pour de nombreuses sauces s'appelle aussi néré.

NGONI (ou nkoni) : Instrument de musique composé d'une calebasse couverte d'une peau et d'un manche sur lequel sont fixées une, deux ou trois cordes.

NOIX DE COLA : Fruit du colatier. Consommée pour ses vertus stimulantes, la noix de cola est un cadeau rituel dans de nombreuses sociétés d'Afrique.

OUÉDRAOGO : Nom aujourd'hui très répandu au Burkina-Faso. Il veut dire « cheval » ou « étalon », en langue mooré. Naba Ouédraogo, né au XVe siècle, est l'ancêtre des Mossis.

PAGNE : Cotonnade de fabrication artisanale. Les femmes portent souvent le pagne noué. C'est un vêtement traditionnel. La robe-pagne a, elle, une coupe européenne.

PAIN DE SINGE : Fruit du baobab.

PALABRE : C'était l'assemblée coutumière du village, réservée aux hommes. Aujourd'hui, c'est un synonyme de discuter, bavarder. Faire palabre, c'est quelquefois chercher querelle.

PALMIER-DATTIER : C'est le palmier qui a la datte pour fruit.

PALMIER-DOUM : Palmier à tronc ramifié dont les fruits sont comestibles.

PALMIER-RÔNIER (ou rônier) : C'est un grand palmier aux palmes en éventail. Il peut avoir trois ou quatre mètres d'envergure.

PATATE DOUCE : On dit quelquefois pomme de terre douce. C'est un tubercule, une pomme de terre légèrement sucrée.

PEUL BORORO : Le peuple peul est dispersé en Afrique, de la Guinée au Tchad. Les femmes peules sont réputées pour leur grande beauté, particulièrement les Bororos.

PIQUE-BŒUF : Petit oiseau gris qui se nourrit des parasites vivant sur la peau des bœufs.

PLUIE DES MANGUES : Dans de nombreux pays d'Afrique, c'est la première pluie de la saison des pluies, celle qui fait venir les mangues.

R
RÔNIER (Voir *palmier-rônier*).

RÔ (arbre rô) : Arbuste commun du pays sara (Tchad). Ses feuilles longues servent pour emballer le mil.

RUE DES MOUCHES : Célèbre rue commerçante de Djibouti, où toutes les productions locales se vendent ainsi que de nombreuses denrées venant d'Éthiopie et de Somalie.

S

SAISON DES PLUIES - SAISON SÈCHE : En Afrique noire, il y a deux saisons principales. C'est pendant la saison des pluies – on dit quelquefois hivernage – que la culture est possible. La saison sèche, ou saison chaude, voit l'herbe jaunir et les nuages de poussière se lever vers le ciel d'un bleu très pur.

SALLI : En Afrique de l'Est, natte en fibre de palmier qui sert aux hommes et aux femmes pour la prière ou simplement pour se reposer à la maison.

SAUCE-GRAINE : Sauce grasse, rouge, épaisse et à odeur forte ; elle est faite à partir de la pulpe de la noix de palme que l'on appelle « graine ».

SÉBOAGA : En langue mooré, parlée par les Mossis, c'est l'équivalent de « mon amour ».

SECCOS : Panneaux faits de tiges végétales entrelacées (souvent tiges de mil). On en fait des clôtures.

SÉSAME : Petite plante annuelle qui donne beaucoup d'huile.

SIESTER : C'est faire la sieste !

SORGHO : Graminée cultivée dans les pays de savane. On trouve le sorgho blanc, le rouge et aussi le sorgho sauvage. Il arrive que l'on désigne le sorgho en disant : gros mil.

SOURATE : Nom donné à chacun des chapitres du Coran.

SOUCHE : Chez les Saras du Tchad, la souche est une bonne fée.

T

TAMARINIER : Petit arbre dont les fruits donnent un jus sucré très apprécié. C'est un arbre sacré dans la tradition du peuple bambara (Mali).

TCHANGOHONA : En langue sénoufo, « bonsoir ». S'emploie en fin d'après-midi, entre seize heures et dix-huit heures trente environ.

TCHOUCOUTOU : Bière de mil au Togo et particulièrement en pays kabiyé. C'est l'équivalent du chapalo (Côte-d'Ivoire) et du dolo (Burkina-Faso).

TERMITIÈRE : On trouve en Afrique des termitières dites « cathédrale » ou « champignon ». On croirait de hautes, très hautes sculptures de terre. Souvent, on dit que les termites, construisant leur termitière, ajoutent de la terre à la terre.

TISSERIN : Petit oiseau commun à toute l'Afrique subsaharienne.

TOUKOUL (Voir *Daboyta*).

TROIS CENT TRENTE-TROIS (333) : Chiffre fétiche

des Mossis. L'empire de Ouagadougou était divisé en 333 parties.

U - V

VENDREDI : Ce jour a toujours été important dans les calendriers africains. Aujourd'hui, dans les pays islamisés, c'est le jour de la grande prière. Dans quelques pays d'Afrique, le vendredi est devenu l'équivalent du dimanche en Europe.

VESTIBULE : C'est une case servant d'antichambre, ou une première pièce de réception.

W - X - Y - Z

WARAIGNÉNÉ : Village sénoufo-dioula du nord de la Côte-d'Ivoire, célèbre pour ses tissages.

WARBA : Danse mossi, réputée très difficile.

YENNENGA : Princesse qui au XVe siècle mit au monde Naba Ouédraogo, qui serait, dit-on, l'ancêtre de tous les Mossis.

YOU YOU : Cris d'allégresse (ou de colère) poussés par les femmes.

I

ABDOU, L'AVEUGLE ET LE CROCODILE

Ce jour-là, Abdou tendit un piège au bord du fleuve, pour attraper un crocodile. Quelle chance ! Presque tout de suite, il en captura un. Alors, au lieu de ramener sa belle prise dans la cour de sa concession*, il imagina une tromperie… Il prit une grosse pierre, et avec il fracassa la tête du crocodile. Ensuite,

---

Les mots suivis d'un astérisque sont expliqués dans le petit abécédaire au début de l'ouvrage.

il dissimula le crocodile sous un buisson. Ceci étant fait, il rentra tranquillement chez lui.

Un peu plus tard, il demanda au chef de son village d'organiser une grande chasse aux crocodiles. Il précisa :

– Celui qui reviendra le premier avec un crocodile mort devra recevoir une grosse récompense.

Le chef, après avoir réfléchi un moment, répondit :

– Abdou, cette idée me plaît beaucoup, organisons tout de suite cette chasse.

L'après-midi même, les hommes partirent traquer les crocodiles. Abdou savait qu'ils avaient peu de chance d'en capturer un rapidement. Il retourna vite dans sa case, tandis que les chasseurs se dispersaient au bord du fleuve avec leur arc et leurs flèches empoisonnées. Abdou se doutait bien que tous rentreraient probablement bredouilles. Il était heureux de cette situation : il serait le seul à ramener un crocodile ! Il était même tellement satisfait qu'il courut chez sa douce amie pour lui dire, à elle, son secret. La belle Fatou certainement comprendrait sa joie...

Quand il arriva chez elle, Fatou était sur le seuil de sa case. Elle l'écouta. Abdou racontait... comment il avait tué le crocodile... où il l'avait caché... comment tout à l'heure il irait le chercher et serait le premier, celui donc qui serait récompensé. Alors que son visage était illuminé de contentement tant il était fier de raconter son bon tour à la belle Fatou, un aveugle passa doucement et entendit tout.

« Pour une fois, je vais le feinter ce malin », se dit l'aveugle qui aussitôt marcha vers la cachette où Abdou avait déposé son crocodile. Il y arriva, et là, il se laissa tomber dans la boue. Il salit volontairement ses vêtements et attendit près du crocodile, mort depuis le matin.

Abdou pendant ce temps avait regagné sa case. Il s'habilla avec son beau boubou* bleu, brodé. Puis il repassa chez Fatou et lui dit :

– C'est l'heure. La chasse est commencée, je vais capturer mon crocodile…

Toujours heureux, il partit vers le fleuve, un gros bâton à la main. Les femmes qu'il rencontra étaient étonnées de le voir dans de si beaux habits, alors que tous les hommes étaient presque nus au bord de la rivière, avec leurs flèches ou leurs sagaies.

Abdou affirmait à celles qu'il croisait :

– Moi, je vais facilement en tuer un de ces crocodiles de rivière ! Vous pouvez me croire, moi, moi, moi, je vais gagner.

Aucun des chasseurs du village ne tua de crocodile.

Abdou arriva près du buisson où il avait caché sa chasse du matin. L'aveugle était là, assis. Abdou lui dit :

– Je viens de tuer un crocodile.

L'aveugle lui demanda l'autorisation de soupeser l'animal, pour juger de son poids et de sa taille. Abdou accepta et le chargea sur les épaules de l'aveugle. Celui-ci laissa tomber le crocodile dans la boue et le remit sur ses épaules, après l'avoir bien sali. Abdou, qui était maintenant un peu pressé, lui demanda de lui rendre le bagage qu'il portait. L'aveugle, sans prévenir, se mit à crier et à appeler au secours ! Abdou alors comprit que l'aveugle voulait lui jouer un tour.

Les autres chasseurs, bredouilles, arrivèrent en courant. Abdou voulut leur expliquer la situation.

– Assez de mots ! Assez de mensonges ! lui répondirent les chasseurs qui avaient souvent été victimes de ses ruses.

Comme Abdou se plaignait toujours, les chasseurs décidèrent que c'était au chef d'éclaircir la situation.

Chez le chef, que tous respectaient, l'un d'abord et l'autre ensuite prétendit avoir tué le crocodile.

Le chef, qui les avait bien écoutés et bien regardés tous les deux, déclara :

– Abdou nous a souvent menti. Toujours il a rusé. Toujours il a voulu être plus malin que les autres. C'est un usurpateur, c'est un imposteur... Comment Abdou si bien habillé aujourd'hui de son beau boubou si bien brodé peut-il prétendre revenir de la chasse ? Regardez l'aveugle, il a les habits couverts de boue. Lui, il est aussi sale que le crocodile. C'est certainement lui qui l'a tué.

Abdou ne put rien ajouter à cela. Que pouvait-il dire devant ce raisonnement si juste du chef ?

Il s'en alla tête baissée. L'aveugle reçut la forte récompense promise.

C'est vrai, il n'y a pas de malin qui ne trouve plus malin que lui.

II
NOIX DE COLA

DANS TOUT l'ouest de l'Afrique, les jeunes, les vieux, les hommes, les femmes grignotent la noix de cola* qui est un petit fruit. Les vieux, particulièrement, gardent toujours une, deux ou trois noix en réserve au fond de leurs poches...

Le matin on sait ce qu'il faut savoir le matin. Le soir on sait ce qu'il faut savoir le soir. Celui qui cultive la terre connaît la patience.

Ce jour-là, Noix de Cola cultivait le champ qu'il avait défriché. Il préparait sa terre pour ses ignames*. Il donnait de bons coups de daba*. Pas très loin de lui, il y avait les génies des champs. Ceux-là, dès qu'ils entendirent les coups de daba, demandèrent :

– Qui cultive ce champ ?

Noix de Cola répondit :

– C'est moi bien sûr, j'ai débroussaillé, j'ai défriché et maintenant je prépare ma terre pour les ignames.

Aussitôt les génies appelèrent leurs enfants et ensemble, ils vinrent aider Noix de Cola. Avant même que le soleil ne soit en haut du ciel, le travail était achevé. Il était juste midi quand Noix de Cola tout content revint au village.

Plus tard, quand Noix de Cola vint planter et semer ses petit morceaux d'ignames, la même chose arriva : les génies et leurs enfants vinrent l'aider.

Plus tard encore, quand Noix de Cola retourna dans son champ pour faire des buttes à ses ignames avec sa daba, les génies, qui étaient toujours là, demandèrent :

– Qui travaille dans ce champ ?

– C'est moi, Noix de Cola, je fais des buttes pour mes ignames.

Aussitôt, les génies et leurs enfants vinrent aider Noix de Cola et ils firent très vite toutes les buttes pour les ignames.

Le temps pouvait passer et Noix de Cola attendre la récolte. Aussi, Noix de Cola partit en voyage au sud et à l'est visiter les gens de l'eau et ceux de la forêt. Il avait confié la garde de son champ à sa femme.

Un jour qu'elle le gardait, avec son enfant au dos, et qu'elle ramassait du bois mort, son enfant se mit à pleurer. Pour le calmer, elle voulut lui déterrer une petite igname, une toute petite igname qui n'avait pas eu le temps de mûrir.

Alors qu'elle déterrait cette petite igname pour la donner à sucer à son enfant, les génies des champs demandèrent :

– Qui creuse là-bas ?

Elle répondit :

– C'est moi, la femme de Noix de Cola. Je déterre une petite igname pour calmer mon enfant.

Aussitôt, les génies et leurs enfants vinrent aider la femme de Noix de Cola et très vite ils sortirent de terre toutes les petites ignames qu'ils entassèrent au bout du champ.

La femme de Noix de Cola devant ce désastre se mit à pleurer. Elle pleurait encore quand Noix de Cola revint de son voyage. Il l'interrogea :

– Mais pourquoi pleures-tu ?

Elle lui expliqua. Très en colère, il la gifla. Les génies des champs, qui étaient toujours par là, entendirent le bruit de la gifle. Ils demandèrent :

– Qui donc frappe comme cela ?

– C'est moi, Noix de Cola, je gifle ma femme.

Aussitôt, les génies et leurs enfants vinrent

aider Noix de Cola. Ils frappèrent tant, qu'ils tuèrent la femme.

Noix de Cola n'eut pas besoin d'interroger le cadavre pour comprendre de quoi il était mort ! Il se mit à pleurer. C'est alors qu'un moustique vint le piquer sur le bras. Pour se défendre, il se donna un grand coup à l'endroit de la piqûre, mais sans toucher le méchant insecte.

Les génies des champs, qui étaient toujours là, demandèrent :

– Qui donc frappe comme cela ?

– C'est moi, Noix de Cola, j'essaie de tuer un de ces vilains moustiques qui me piquent.

Aussitôt, les génies et leurs enfants vinrent aider Noix de Cola et ils le rouèrent de coups.

Heureusement, Noix de Cola courait vite. Il réussit à gagner le village à toutes jambes. Là il se réfugia dans la poche d'un vieux. C'est pour cela que depuis il y a toujours des noix de cola dans la poche des vieux.

C'est ainsi que mon conte se termine.

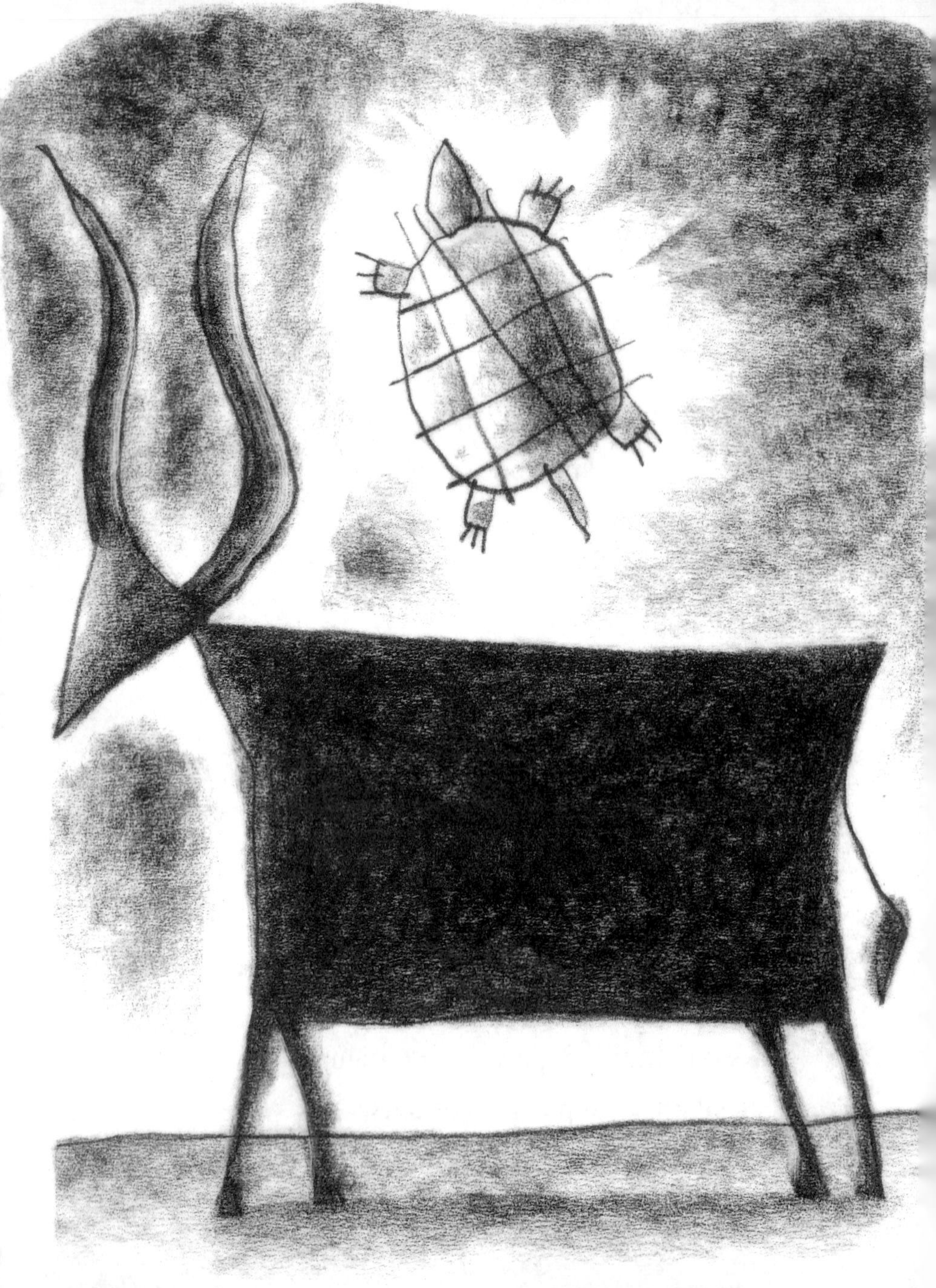

III
Le Vent, la Hyène et la Tortue

LABOURER jusqu'à la mort, tel est le but de l'existence, oui, *bi fala bi ku koro wélé gnini na.*

Tous ceux des champs avaient cultivé un même grand champ avec leur maître le lion. Fô le python avait cultivé, le grand calao avait cultivé, la pintade sauvage avait cultivé, la tortue qui sait parler avec les génies de l'eau avait cultivé, le petit crocodile et aussi la gazelle avaient cultivé. Même Hyène avait un peu cultivé. Quand le mil* fut mûr dans le champ, tous ensemble ils récoltèrent. Mais, malheur, le vent se mit à manquer : impossible de battre et de vanner le mil !

Personne ne mettrait dans son grenier du mil non battu et non vanné.

Ceux des champs qui avaient cultivé attrapèrent un gros bœuf et ils l'attachèrent solidement au tronc d'un baobab*. Le lion annonça :

– Celui qui saura aller jusqu'à Koutiélo*, notre vieille mère, déesse du ciel qui sépara les eaux de la terre, lui demandera de nous donner le vent, et il pourra manger le bœuf !

Ceux des champs dirent ensemble :

– C'est le lièvre le plus malin, c'est à lui d'aller chercher le vent.

– Je vais y aller, répondit le lièvre qui aussitôt se mit en route.

Quand il arriva là-bas, où était Koutiélo, il salua : *foo yéhéna, Koutiélo*, car c'était le matin et lui dit :

– Je voudrais que tu me donnes le vent. Au village, nous attendons pour battre le mil et le vanner ensuite.

– Lièvre, je veux bien te le donner, mais ta force est-elle plus grande que celle du vent ?

– Mais oui, je suis un lièvre et j'ai plus de force que le vent.

Koutiélo lui donna le vent mais le prévint :

– Ouvre la route au vent. Il va courir après toi. S'il te rattrape, il ne te dépassera pas mais il s'en retournera.

Le lièvre, qui avait compris, demanda à prendre un peu d'avance, ce que Koutiélo lui accorda. Il partit vite. On aurait pu croire que ses pattes voulaient dépasser ses longues oreilles. Un peu plus tard, le vent se leva, fla fla fla... et tout de suite le lièvre étonné le sentit derrière lui. Juste au moment où le lièvre allait être dépassé, le vent s'en retourna d'où il était venu.

Revenu près de ceux des champs, le lièvre ne put que dire :

– J'ai dépensé toutes mes forces, mais je n'ai pas réussi à avoir le vent.

Les animaux se demandaient qui pourrait avoir plus de force que le vent, quand Hyène si vorace et si stupide dit très fort :

– Je vais aller le chercher, le vent, et ce bœuf qui est attaché là sera à moi.

Elle s'en alla et arriva près de Koutiélo. Elle le salua : *foo tchangana, Koutiélo*, car il était un peu plus de midi et lui dit :

– Il faut que tu me donnes le vent, nous attendons pour battre le mil et le vanner ensuite.

– Hyène, je veux bien te le donner, mais ta force surpasse-t-elle celle du vent ?

– Oui, ma force est plus grande puisque je veux qu'elle soit plus grande.

Koutiélo lui donna le vent mais la prévint :

– Ouvre la route au vent, il va courir après toi. S'il te rattrape, il ne te dépassera pas mais il s'en retournera. Pars devant, il ne te suivra que dans un moment.

Hyène partit sans ajouter un mot. Elle courait si vite qu'on aurait pu croire que ses pattes de derrière voulaient devenir aussi grandes que ses pattes de devant.

Un peu plus tard, le vent se leva, fla fla fla... très vite Hyène sentit son souffle derrière elle. Juste au moment où elle allait être dépassée, le vent s'en retourna d'où il était venu.

Après le lièvre et après Hyène, tous ceux des champs essayèrent d'avoir le vent, mais aucun ne réussit. Personne ne put devancer le vent.

Le mil était toujours là, sur l'aire de battage, et tous ceux des champs étaient bien tristes. C'est alors que Tortue, à laquelle personne n'avait pensé, dit :

– Je vais aller voir Koutiélo. Je vais essayer de ramener le vent.

Elle y alla. Elle arriva et lui donna le salut du soir : *tchangohona, Koutiélo*.

Elle demanda le vent.

– Tortue, tous ceux des champs ont essayé, sans réussir. Crois-tu que toi tu peux mieux faire, avec ta tête si peureuse ? Crois-tu que ta force est plus grande que celle du vent ?

– Koutiélo, c'est toi qui décides tout, c'est toi qui choisis celui qui doit réussir. Je veux essayer pour voir. Il faut que j'essaie. Là-bas, sans le vent, il fait trop chaud et le mil traîne devant les greniers.

La tortue, comme les autres, eut droit de prendre un peu d'avance, un peu et même un peu plus puisqu'elle n'était qu'une tortue. Plus tard, le vent se leva, fla fla fla... Il courut à toute allure, mais la tortue était depuis longtemps devant lui. Le vent trop sûr de gagner l'avait laissée prendre trop d'avance. Quand elle arriva près de ceux des champs, le vent touchait à peine sa carapace et il agitait les branches des arbres, pour aller plus vite.

Ceux des champs étaient là et ils s'exclamèrent :

– Tortue est là, avec le vent ! Tortue nous donne le vent !

Tortue avait réussi. Aussitôt, Hyène lui proposa :

– Ce bœuf qui est à toi à présent, je vais te le tuer et même te le dépecer, si tu veux.

– Non. Nous les tortues nous pouvons le tuer nous-mêmes.

Sans ajouter un seul mot, elle grimpa dans le baobab. Le bœuf, toujours attaché au tronc, ne bougeait pas. Hyène regardait et l'œil attentif de chaque tortue du clan regardait aussi… Les autres animaux battaient et vannaient le mil. Tortue, pour tuer le bœuf, se laissa tomber sur lui de la plus haute branche de l'arbre. Mais elle rebondit et se retrouva à terre. Elle grimpa et sauta ainsi plusieurs fois pour tuer le bœuf, mais elle ne l'égratigna même pas. Les autres tortues l'imitèrent sans réussir à mieux faire. Hyène dit très fort :

– Je m'en occupe…

Sans attendre de réponse, elle sauta au cou du bœuf et le mit à mort ! Sans attendre, devant les tortues, elle le dépeça et le débita morceau par morceau. Quand ce fut fait, Hyène, vite, alla trouver sa femme :

– Vite, viens, nous allons avoir de la bonne viande de bœuf.

– Quelle viande ? Quel bœuf ?

– Viens, je te dis, mais avant habille-toi avec un beau pagne* pour que personne ne te reconnaisse. Tu sais bien que lorsqu'un étranger arrive, on lui offre le meilleur morceau.

La femme de Hyène revêtit un beau complet-pagne*. Elle arriva, très belle devant les tortues.

– Qu'elle est belle cette étrangère, s'écrièrent les tortues.

Comme l'exige la tradition, elles lui offrirent le meilleur morceau du bœuf.

La femme de Hyène remercia et partit. Quand elle arriva chez elle, elle déposa sa viande et tout de suite revêtit une belle robe de Waraignéné*. Ainsi transformée, elle revint vers les tortues.

– Qu'elle est belle cette autre étrangère, s'écrièrent-elles en la voyant s'approcher et bien sûr, par politesse et selon la coutume, elles lui offrirent un autre bon morceau.

La femme de Hyène continua son manège plus de dix fois, revenant vers les tortues avec un pagne à la cire, un pagne à la cola*, une robe-boubou... Elle obtint bientôt tous les meilleurs morceaux et quelques autres. Quand elle cessa ses allées et venues, il ne restait à manger aux tortues que les intestins du bœuf et aussi son foie.

Hyène, ce scélérat d'animal, avait assisté au manège de sa femme, se régalant par avance chaque fois qu'un nouveau morceau était offert. Quand il vit que seuls les intestins et le foie restaient, il dit :

– Ce n'est pas la peine de m'offrir un morceau pour me remercier de l'avoir tué, je crois que vous pouvez garder cela pour vous.

Les tortues ne répondirent rien. Elles firent griller le foie devant Hyène qui attendait un peu. La plus vieille des tortues commença à manger et aussitôt roula sur le sol les pattes en l'air, écartées. Ses yeux ouverts devinrent un peu troubles et elle cessa de respirer.

Ses petites sœurs tortues se penchèrent sur elle et s'écrièrent :

– Elle est morte, elle est sûrement morte ! Elle a mangé du bœuf et elle est morte !

Hyène ne prit pas le temps d'en entendre plus, elle partit en courant vers sa femme et lui cria :

– Vite, ma femme, mets une camisole et un foulard, prends toute la viande et rapporte-la ! Dis que tu n'en veux pas et que personne n'en veut ! Tortue là-bas en a mangé un morceau et elle est tombée morte. Cette viande est mauvaise, un génie lui aura jeté un mauvais sort.

La viande fut rendue aux tortues. Elles la

mangèrent hum… et la dégustèrent hum… avec leur grande sœur qui avait fait semblant de mourir.

Bonsoir : *foo pliguena*. Je vous ai donné un conte, il est fini.

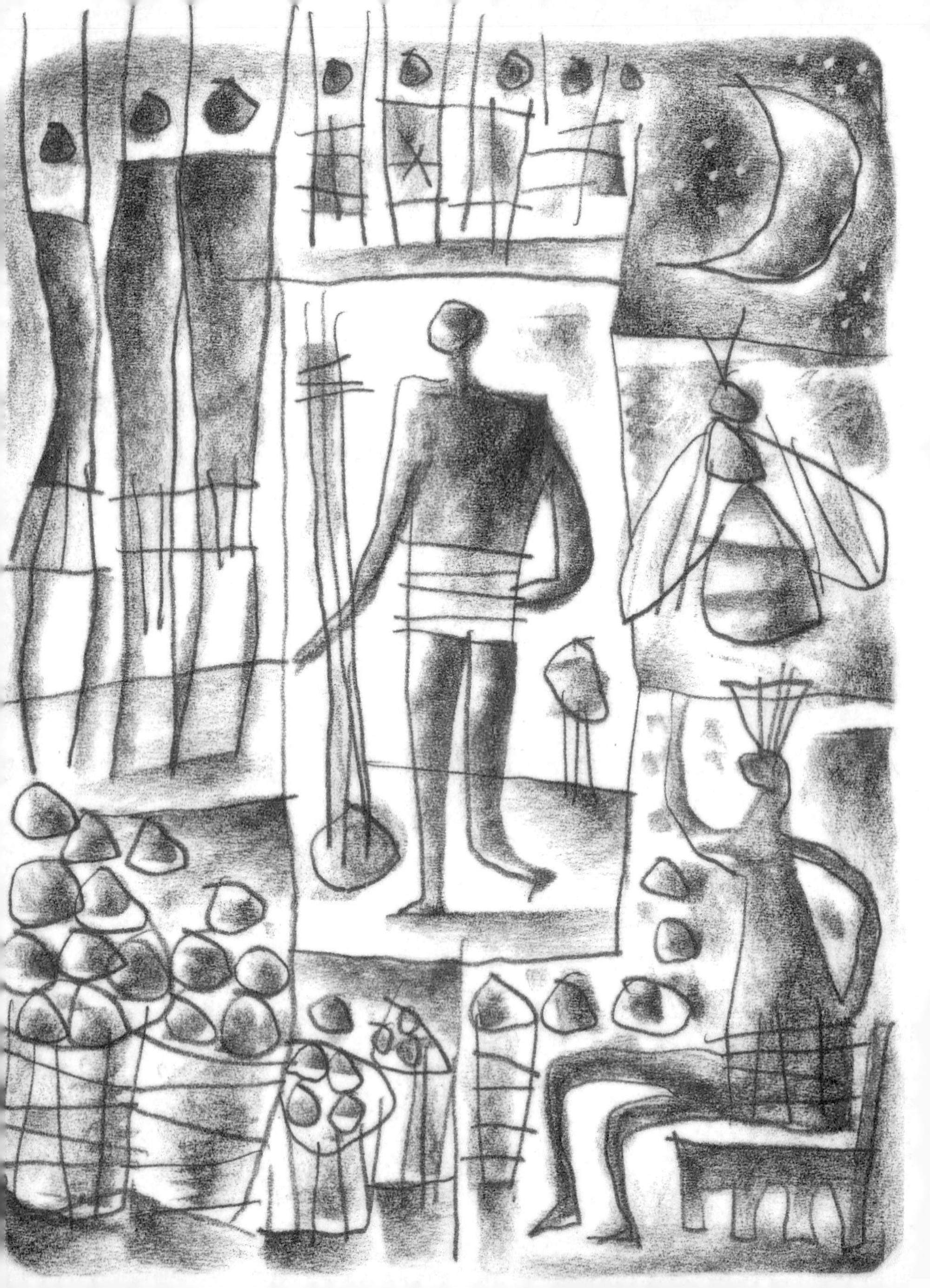

IV
COMMENT, SUR LES BORDS DU FLEUVE NIGER, NAQUIT SÉGOU, LA VILLE DES KARITÉS ET DES ACACIAS

Entends ça ma sœur
entends ça mon frère
c'est un conte ou une légende
tu peux en rire de toutes tes dents
ou en pleurer de toutes tes larmes
tu peux aussi en tirer une leçon.

C'était il y a longtemps. Les génies n'étaient pas plus gros que des grains de sable du désert et, au plus fort du soleil, ils n'étaient pas du tout méchants.

C'était avant même que quatre simples quartiers ne dessinent la ville de Ségou, qui n'existait pas encore !

Oui, à cette époque, la ville n'était pas née et personne ne pouvait distinguer Ségou le vieux, Ségou le hameau, Ségou le neuf ou Ségou sous les karités*.

À cet endroit qui n'était pas encore Ségou, il n'y avait pas un seul des quatre mille quatre cent quarante-quatre acacias et, l'autre, l'acacia au dos tordu, n'avait pas encore grandi.

C'était avant le début, avant le commencement, avant les rois que furent Da Diara, Monzon, Ngolo, Biton Coulibali. En fait, c'était avant les deux frères Nia Ngolo et Barama Ngolo qui franchirent le fleuve sur le dos d'un poisson !

C'était avant les quatre grands fétiches*.

C'est dans cet arrière-temps-là qu'un garçon qui avait décidé de partir droit devant lui, après avoir avalé un peu de poudre d'os d'éléphant pour avoir des forces, trouva à côté d'un tamarinier* un vieil instrument de musique : un ngoni*. Quelle belle occasion pour devenir musicien ! Il le prit dans ses bras et ses mains. Tout en se parlant, il pinça une à une les trois cordes un peu distendues.

– Si j'avais été un vrai musicien, des danseuses et des danseurs auraient voltigé de la terre rouge jusqu'au bleu du ciel, au rythme de mon ngoni !

À peine eut-il dit cela à haute voix, légèrement tourné qu'il était vers le tamarinier, que des femmes et des hommes se mirent à danser devant lui. Ils avaient les fesses et le ventre couverts d'une natte effrangée de fils d'or. Des parures de perles scintillaient sur leur corps. Les yeux du garçon voyaient un spectacle de fête, mais dans sa tête il se répétait « non, non, je rêve ».

Il questionna le ciel et la terre :

– Suis-je fou ? Suis-je plus fou qu'un fou ?

Dans la vie, il y a un moment pour parler, un moment pour voir, un moment pour agir. C'est ce qu'il fit : il continua à cadencer l'air chaud avec son ngoni. Presque à chaque note, l'incroyable se produisait. La musique faisait naître sur terre tous les rêves qui lui traversaient la tête ! Un baobab apparut avec ses fruits, ses pains de singe* ; un marigot* avec ses nénuphars.

Devant tant de prodiges, il eut peur.

– Ma tête, mes mains, mes yeux, sont ensorcelés !

Il se mit à courir vers son village, après avoir jeté au sol l'instrument de musique. À grandes enjambées, il arriva vers ses frères de sang et de lait*. Il respira doucement pour calmer son cœur et il se mit à réfléchir. « En fait, ce ngoni n'est pas mauvais, sinon il me serait arrivé malheur. Je n'aurais pas dû être aussi craintif que la tête d'une tortue. » S'étant rassuré, il s'en retourna vers le ngoni abandonné. Il le retrouva : aucun voleur n'était venu le voler.

Il pinça un, deux, trois, les cordes de son instrument, en pensant à un bon plat de foutou* et… voilà qu'un plat bien fumant tomba devant lui, un plat parfumé par une bonne sauce-graine*.

Le garçon comprit que ce ngoni-là pouvait donner à volonté ce à quoi l'on pensait.

Aussi, un peu plus tard, quand la première épouse du chef de son petit village tomba malade, il se proposa de la guérir. Elle était presque morte… Il joua de son ngoni au moment où la paupière de la nuit se refermait sur la terre. Alors, maman lune apparut, ronde comme un œuf d'autruche, pleine comme un sein gonflé de lait.

Elle descendit au milieu du ciel et vint donner la tétée à la pauvre épouse qui guérit aussitôt.

Dès ce moment, le garçon devint un homme important, respecté tout autant qu'un grand initié*.

Un jour, juste après sa circoncision*, il décida de partir visiter un peu le monde, avec son ngoni sous le bras.

Quelques semaines plus tard, après avoir siesté* à l'ombre d'un jeune arbre, il marcha une fois de plus droit devant lui. Avant que n'arrive le soir, avec ses ombres visibles et invisibles, il rencontra une jolie jeune fille, une princesse dont la belle peau noire était aussi parfumée qu'une mangue juste mûre. En moins de temps qu'il n'en faut à un margouillat* pour voler d'un coup de langue une miette sèche de bouillie, il tomba fou amoureux.

La jolie jeune fille, aussi malicieuse que belle, lui déclara :

– Avec ton ngoni qui, dis-tu, a le pouvoir d'un dieu, je veux que tu me fasses encore plus belle...

Aussitôt le jeune homme improvisa un air de sept notes et la fille parfumée se transforma. Elle devint plus fine encore, en même temps que plus ronde. Sa taille se resserra et les courbes douces du dessous de ses reins apparurent plus charnues. Ses seins semblèrent prendre plus d'élan de chaque côté de sa gorge.

Se reconnaissant plus belle que belle, elle invita le jeune garçon à la suivre jusqu'à son pays où le roi, son oncle maternel, les marierait. Ensemble, ils s'enfoncèrent au loin, dans la brousse lointaine, la brousse sans père ni mère*.

Quand ils arrivèrent dans le royaume de l'oncle, la terre et le ciel étaient dévastés, brûlés, razziés !

– Ma nièce, la situation est grave. Tu n'épouseras que celui qui sauvera mon royaume. Regarde autour de toi, les ennemis sont partout. Ils sont plus dangereux qu'une nuée de sauterelles.

Le garçon avait entendu les paroles du roi, alors qu'il attendait dans le vestibule* le retour de la belle princesse. Il sortit et s'assit sur une de ces pierres plates qui servent aux femmes pour écraser les aubergines. Il joua de son ngoni avec une grande force d'esprit. Tout de suite, mille essaims d'abeilles sortirent de l'instrument et volèrent en une incroyable tempête vers tous les horizons. Elles attaquèrent les ennemis du roi et les terrassèrent sous mille piqûres sauvages. Aucun ne survécut.

Redevenu grand maître de son royaume, le roi*, qui n'avait sans doute près de lui aucun homme de grande sagesse pour le conseiller, oublia sa parole. Il agit comme ces puissants hommes qui n'ont aucune grandeur : il offrit la princesse dix fois belle à un prince de ses voisins, afin qu'il devînt son allié. Il négligea le garçon musicien qui avait sauvé son royaume.

Alors, le garçon fou d'amour devint fou de

colère. Dans un accès de souffrance folle, il arracha les cordes de son ngoni ! Aussitôt, dans le cœur du ciel explosa le tonnerre ; il gronda, hurla et déchiqueta le ciel de mille éclairs zigzaguant comme des abeilles piquantes. Des chants violents éclatèrent dans le ngoni qui, privé de ses cordes, se mit à saigner autant qu'un être humain blessé ou qu'un poulet sacrifié. Le ngoni, en plus, larmoyait comme une femme désespérée d'être stérile.

Un peu calmé, mais tout effrayé, le garçon lança son instrument au plus loin, sur la terre rouge. Il tomba là-bas et roula dans la poussière. À ce moment, un bruit immense de début ou de fin du monde ouvrit le ciel. Une tornade sortit de là et elle gonfla plus que si elle s'était d'un coup nourrie du souffle de plusieurs milliers d'harmattans*. Elle hacha tout sur son passage, réduisant à néant la vie des hommes et des bêtes entre les quatre horizons…

Jamais on ne retrouva trace de rien ni de personne. Jamais on ne revit le garçon et la fille dix fois belle.

La tornade avait tout emporté en soufflant la guerre sur son passage. Mais elle avait déposé et semé avant de disparaître des graines d'acacia et de karité. À peu près quatre mille quatre cent quarante-quatre graines d'acacia, plus une, une graine au dos tordu, et presque autant de graines de karité.

C'est à cette époque un peu oubliée que sur la rive bouclée du Djoliba*, appelé par certains fleuve Niger, naquit Ségou. Au début, cette ville avait seulement quatre quartiers, quatre villages...

... Ségou tout d'abord ne s'appela pas Ségou mais Sikoro.

Les acacias et les karités grandirent à Ségou et ils grandissent encore aujourd'hui.

Ce fut ainsi, même si peu de mémoires connaissent à présent l'histoire de ce garçon, de son ngoni et de la tornade qui apporta karités et acacias.

Mon histoire est achevée, je la remets où je l'ai trouvée.

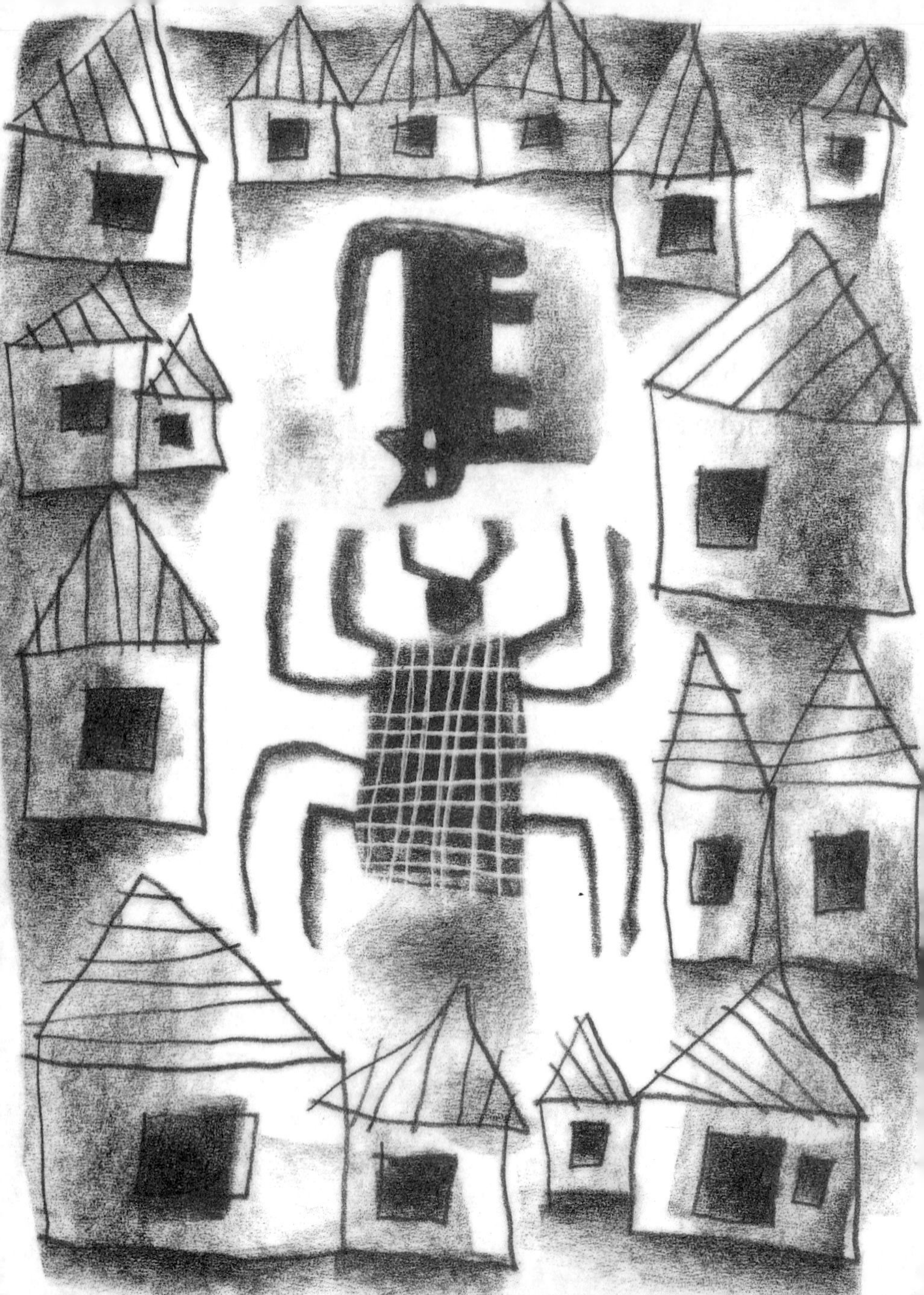

V

POURQUOI LA PANTHÈRE A LA PEAU TACHETÉE

Dans ce pays, Andjaou* et Akpoyo* sont des araignées. Andjaou est le mari, Akpoyo, la femme.

Ce jour-là, Andjaou l'araignée et Kpowou la panthère étaient de bons amis.

Il était midi quand Andjaou partit en brousse voir Kpowou. Elle se reposait à l'ombre d'un grand fromager*. Il lui demanda :

– Kpowou, as-tu fléché beaucoup de gibier aujourd'hui ?

Kpowou tout en suçant un fruit de palmier-rônier* montra sa chasse.

– Viens donc te balancer puisque ta chasse est terminée, proposa Andjaou.

– Bonne idée, j'arrive.

Kpowou s'installa sur la balançoire de lianes et Andjaou la poussa très fort très haut. Kpowou chantait :

Hein ! yaou ! hein ! yaou !
abala sém hala sém
hein ! yaou ! hein ! yaou !

Oui ! c'est ça ! oui ! c'est ça !
les hommes me fuient les femmes me fuient
oui ! c'est ça ! oui ! c'est ça !

Après la chasse, la balançoire et le chant, Kpowou souhaita rester seule pour siester un peu. Elle désigna à Andjaou un buisson d'épineux et lui dit :

– Va là-bas et sers-toi. Prends ce que tu veux de ma chasse. Il y a au choix, des lapins, une gazelle, des perdrix, des pintades sauvages.

Tout heureux, Andjaou se servit et partit nourrir sa femme Akpoyo et le reste de sa famille.

Les jours passèrent...

Un matin, alors qu'Andjaou avait rejoint Kpowou qui se balançait sur ses lianes, il fut invité de nouveau à choisir un beau gibier sous le buisson. Il y courut, mais aïe ! Qu'est-ce que cela ? Sous le buisson Andjaou vit un homme, un grand lépreux, la gorge tranchée.

Effrayé par ce spectacle, il recula. Kpowou, toujours assise sur sa balançoire, surveillait son ami. Elle lui dit très fort :

– Andjaou, fais comme l'autre jour, porte ce que tu trouves sur ta tête et tes épaules d'araignée.

– Grande sœur, je ne vais pas porter cela... je ne pourrai jamais manger un lépreux...

– Andjaou, n'attends pas. Prends ce « gibier » et tais-toi ! commanda Kpowou la panthère.

Andjaou avait très peur. Il tremblait plus que les branches des arbres sous le souffle de l'harmattan. Malgré son dégoût, il chargea le cadavre sur ses épaules. Kpowou, qui savait depuis longtemps qu'Andjaou jouait souvent de mauvais tours aux uns et aux autres, laissa là sa balançoire et le suivit de près.

Cette drôle de procession arriva bientôt devant la case d'Andjaou. Andjaou se débarrassa du lépreux mort, le jetant sur une grande pierre. Il fit cela sous le regard menaçant de Kpowou. Kpowou étant toujours là pour surveiller la suite des événements, Andjaou commença à dépecer ce drôle de gibier dont il avait hérité. Bientôt il cessa ce premier travail pour remplir d'eau une grande marmite qu'il posa sur le feu. Un peu plus tard, quand l'eau commença à bouillir, Andjaou demanda à Kpowou :

– Grande sœur, peux-tu surveiller cette cuisson ? Je vais chercher du sel près de mon épouse qui est certainement là-bas dans sa case.

– Va, je surveille.

Andjaou partit. Il fit semblant d'aller vers la case de sa femme, mais il sauta par-dessus le mur de la concession et courut du côté de la case du chef du village.

– Chef ! chef ! Au secours, à moi, je suis perdu ! cria-t-il.

Il pleura, renifla, et raconta sa triste aventure à Wiyao, le grand sage que tous respectaient. Wiyao eut pitié d'Andjaou qui pleurait et tremblait tant. Aussi, quand Andjaou entre deux sanglots lui demanda : « Chef, passe-moi tes habits, ton beau boubou blanc et ton fouet et ton fusil bien chargé. Passe-moi aussi ton beau cheval », le chef prêta à Andjaou ce qui lui était demandé.

Un moment plus tard, Kpowou, bien installée près de la marmite où le repas mijotait, vit venir vers elle, au galop, un beau cavalier, le fouet à la main et un fusil en bandoulière. Quand il s'arrêta près d'elle, Kpowou était juste en train de souffler sur le feu pour l'attiser un peu. Le cavalier d'une grosse voix lança :

– Que fais-tu ici ?

– J'attends mon ami Andjaou. Il est allé chercher un peu de sel pour ce plat qu'il prépare.

– Voyons cela. Retire le couvercle, je veux regarder la viande qui est là-dedans ! cria le cavalier en faisant claquer son fouet dans l'air.

Kpowou, très impressionnée, enleva le couvercle.

– Goûte-moi cette viande, et dis-moi si elle est bien cuite ! ordonna le cavalier.

– Mais il n'y a pas de sel dans ce plat, fit remarquer Kpowou.

– Sel ou pas, goûte ! répéta de sa grosse voix menaçante le cavalier qui fit encore claquer son fouet.

Kpowou à regret prit un morceau dans la

marmite. Elle le mâcha un peu puis elle grogna :

– C'est trop chaud. C'est cuit, mais ça manque de sel.

– À présent que tu as goûté, retire cette marmite du feu ! tonna de sa grosse voix le cavalier.

Kpowou obéit. Le cavalier, qui criait de plus en plus fort, ordonna encore :

– Mange la viande de la marmite et bois la sauce !

Tout en donnant ses ordres, le cavalier continuait de faire claquer son fouet. Il pointait aussi son fusil sur Kpowou et… il avait le doigt sur la gâchette ! Kpowou presque morte de peur mangea. Tout. Mais elle ne put boire la sauce, son estomac était trop plein, trop bien rempli.

– Puisque c'est ainsi, emporte la sauce pour ta famille, dit le cavalier.

Kpowou, la queue basse, mit un morceau de bois sur sa tête et posa la marmite encore bouillante dessus.

– Vite, vite, plus vite ! lui criait le cavalier.

Kpowou courait aussi vite que possible. Le cavalier la suivait à petite distance. Il avait toujours son fouet dans une main et son fusil dans l'autre.

Kpowou sortit du village. Elle passa près d'un champ de petit mil qui n'avait pas encore été récolté et elle gagna la brousse. Quand ils furent vraiment bien éloignés du village, Andjaou le cavalier, Andjaou l'araignée, tira un coup de fusil sur la marmite. Elle éclata en mille morceaux ! La sauce fumante coula sur Kpowou. Elle fut brûlée ici et là. Elle hurla de douleur. Elle avait tellement mal qu'elle fonça dans la brousse comme une folle.

C'est depuis ce temps, depuis cette sauce brûlante tombée partout sur elle, que Kpowou la panthère a la peau tachetée.

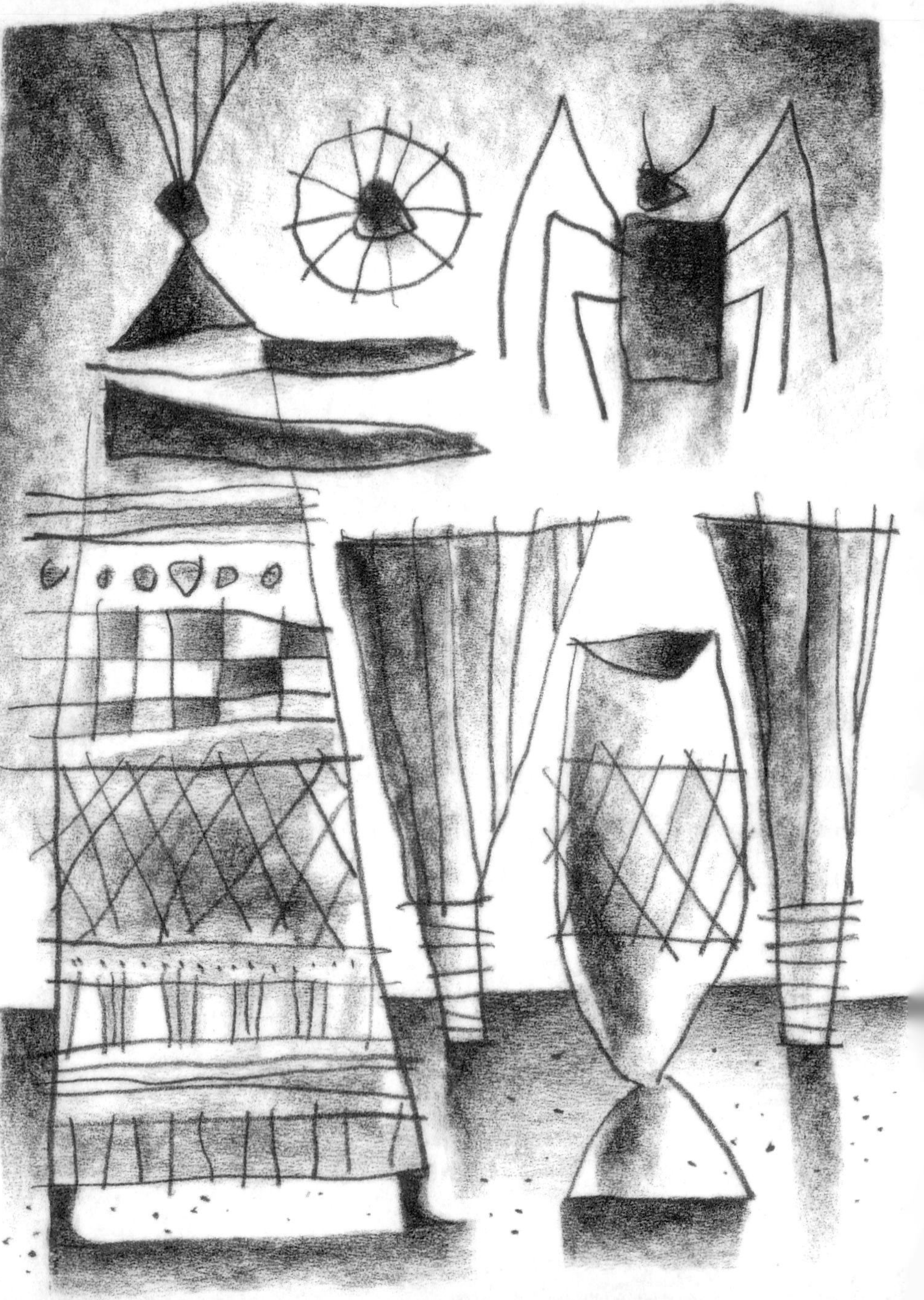

VI
Andjaou au pays des Femmes

Tôt le matin, Andjaou l'araignée était parti cultiver son champ. Son travail terminé, il s'apprêtait à rentrer au village, quand il entendit un drôle de bruit :

    gnitou houm

    gnitou houm

    gnitou houm

Aussitôt, comme si ce bruit avait été un signal, l'herbe arrachée par Andjaou se redressa et poussa plus encore. Andjaou ouvrit de grands yeux et courut dans son champ, de tous les côtés à la fois, autant que faire se peut. Mais il ne vit rien. Triste, fatigué, découragé, Andjaou rentra retrouver Akpoyo sa femme.

Le lendemain, avant de reprendre son labour, Andjaou regarda partout. Il cherchait si le mauvais génie qui avait ensorcelé son champ était là, quelque part. Rien. Andjaou ne découvrit rien ni personne.

Il commença son dur travail de paysan.

À midi, Andjaou s'allongea sous un arbre et fit semblant de siester. Tout à coup, il entendit le fameux bruit de la veille :

>gnitou houm
>
>gnitou houm
>
>gnitou houm

Il courut vers le bruit, aussi vite qu'un lièvre. Au milieu de son champ, il vit une tortue. Elle portait sur son dos un beau sac rempli d'un coton de premier choix.

– Tortue, vilaine sorcière, je t'ai vue et je

t'ai eue. Ce soir, hum ! tu seras un bon repas pour moi, ma femme et mes enfants. C'est fini, tu ne feras plus repousser l'herbe dans mon champ !

Andjaou saisit la tortue et décida de la cogner très fort contre un gros caillou, pour la tuer.

– Grand frère Andjaou, laisse-moi la vie, pour que je vive toute ma vie. Laisse-moi la vie, je te dirai comment tu peux, toi, vivre ta vie sans efforts.

– Vilaine tortue, parle, mais qu'aucune de tes paroles ne me joue un mauvais tour, sinon je te tue contre cette pierre.

La tortue, sûre d'elle, parla doucement.

– Andjaou, viens dans mon sac et cache-toi au milieu du coton. Ce coton, je vais le livrer à la reine du pays des Femmes. Dans ce pays ne vivent que des femmes qui passent la moitié de leur temps à jouer et l'autre moitié à tisser de beaux pagnes bariolés. Cache-toi bien. Les sentinelles qui gardent le pays ne te verront pas au milieu du coton. Si elles te voient, elles te tueront. Moi seule suis autorisée à y pénétrer.

Andjaou, trop heureux de rentrer au pays des Femmes, se fit le plus minuscule possible et se cacha au milieu du coton.

À l'entrée du pays des Femmes, la tortue fut interrogée.

– Tortue, que portes-tu sur ton dos ?

– Comme toujours, un sac de coton que je vais livrer à la reine, c'est tout.

Tortue entra au pays des Femmes. Elle se présenta chez la reine. La reine vérifia la qualité du coton. Elle voulait être certaine qu'il était aussi blanc qu'il en avait l'air et… elle découvrit Andjaou. La reine n'avait jamais vu d'araignée, mais elle en avait entendu parler !

Elle installa Andjaou dans sa chambre et pour lui une nouvelle vie commença. La reine le parfuma, l'habilla d'une belle culotte bleue et d'un paletot noir brodé avec des fils d'or. Elle lui cuisina des plats délicieux. Chaque midi, Andjaou put manger du djécoumé* servi avec une bonne pâte de mil et de l'huile de palme*, chaque soir un bon foufou* servi avec une bonne calebasse* de tchoucoutou*. Andjaou très vite devint le meilleur ami de la reine. Pendant des jours et des nuits, il vécut comme un prince, dorloté et câliné.

La reine n'était pas égoïste. Elle prêta Andjaou à l'une de ses confidentes qui le prêta à une autre confidente, qui le prêta... Andjaou était très heureux de cette vie de caresses et de gâteries. Un soir qu'il était avec la reine, sa préférée, celle-ci lui déclara :

– Andjaou, mon ami, c'est la saison des pluies*. Demain je dois partir avec les Femmes dans mes champs, pour les semailles. Tu resteras seul dans ma jolie case.

Le lendemain matin, au moment de partir avec ses femmes, la reine appela Andjaou et lui dit :

– Mange autant que tu as faim, bois autant que tu as soif, dors et rêve le jour autant que la nuit. Tu es dans ma case comme chez toi. Cependant, pour rien au monde tu ne dois monter dans la réserve qui est au-dessus de la cuisine. Jamais. En aucun cas, tu ne dois aller là-bas. Nous reviendrons dans six jours.

– C'est promis, dit Andjaou. J'ai bien entendu. Je n'irai pas dans la réserve.

La reine partit vers ses champs, avec ses femmes.

Andjaou resté seul mangea, but, dormit et rêva pendant un, deux, trois, quatre, cinq jours. Le sixième jour, il se demanda : « Pourquoi la reine ne veut pas que je mette les pieds dans la réserve ? C'est bizarre cela. Je vais y monter. Je ne regarderai qu'avec mes yeux… je ne mettrai pas les pieds à l'intérieur. »

Il monta et fit un pas. Aïe ! Il fut aussitôt attiré par une force invisible qui le tira, le tira… fort, fort. Il tomba.

Un peu plus tard, quand il retrouva ses esprits, après sa longue chute, il se vit allongé sous l'arbre de son champ. Que faire ? Que pouvait-il faire pour retourner dans ce beau pays de la reine des Femmes où la vie n'est faite que de douceurs et d'odeurs légères ? Ce beau pays avec une reine aussi belle que maman Lune, avec des femmes aussi belles que les étoiles ?

Andjaou se désolait, pleurait, lorsque passa la tortue. Dès qu'il la vit, il se leva et la salua :

– Bonjour, tortue, bonne arrivée.

– Bonjour, Andjaou.

– Comment ça va aujourd'hui ?

– Ça va.

– Et la santé ?

– Ça va.

– Et la famille ?

– Ça va.

– Et le coton ?

– Ça va.

– Tortue, où vas-tu d'un si bon pas ?

– Je fais mon travail, je vais livrer mon coton à la reine du pays des Femmes.

– Tortue, emmène-moi.

– Viens. Entre dans mon sac que tu connais et cache-toi.

Andjaou se faufila dans le sac, se cacha bien, et très vite la tortue arriva au pays des Femmes.

– Où vas-tu, tortue ?

– Livrer mon coton à la reine.

La tortue entra au pays des Femmes et arriva chez la reine. Elle déposa son sac. La reine comme toujours vérifia la qualité du coton et trouva Andjaou.

– Toi ! Toi ! Andjaou ! Tu es revenu ! Toi qui ne sais pas obéir, toi qui es plus curieux qu'un margouillat !

La reine, qui avait saisi Andjaou, le secoua.

– Tu es revenu ! Puisque tu es là, tu devras travailler. Ce sera ta punition pour m'avoir désobéi. Andjaou, je vais te confier à une autre reine qui est mon amie. Elle te mettra au travail avec ses ouvrières. Tu resteras avec elle cinq saisons des pluies et cinq saisons sèches*.

C'est ainsi qu'Andjaou connut la reine des abeilles et qu'il eut à travailler comme esclave, jour et nuit, avec ses ouvrières.

C'est ainsi qu'Andjaou comprit que la curiosité a toujours la récompense qu'elle mérite.

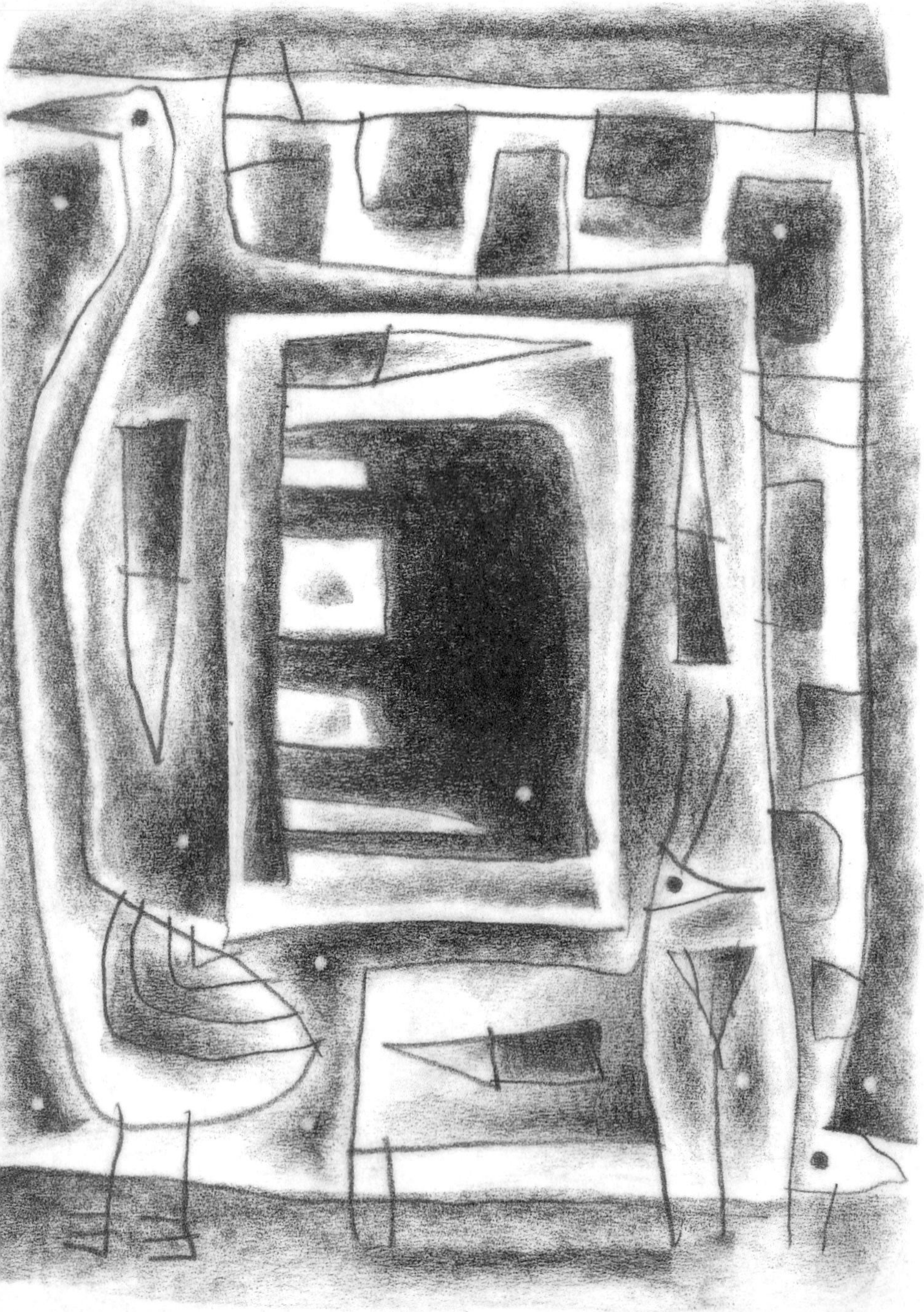

VII
POURQUOI LES ANIMAUX SAUVAGES VIVENT DANS LA BROUSSE

Andjaou l'araignée était un mauvais chasseur, mais cette fois il avait eu beaucoup de chance. Il avait visité ses pièges et il rentrait chez lui avec un grand nombre de perdrix bien charnues. Il en avait tant qu'il ne savait pas assez compter pour les compter ! Vite, il les pluma, les vida et demanda à Akpoyo, sa femme, de bien vouloir les saler et les fumer.

Il ajouta :

– Akpoyo, tous ces prochains jours, je partirai tôt le matin chercher de la paille dans la brousse. Je dois faire une belle toiture neuve à notre vestibule, avant la prochaine saison des pluies. Lorsque je reviendrai à la maison avec ma botte de paille, je t'appellerai en te disant « Akpoyo mandala ». Même un analphabète sait que cela veut dire « Akpoyo, je suis arrivé ». Alors tu me serviras, là sous l'apatam*, un bon repas et de l'eau fraîche. Tu as bien compris, Akpoyo ?

– Andjaou, j'ai bien compris. Je te servirai comme tu me l'as demandé.

Ainsi chaque jour, à l'heure où le soleil commence sa promenade dans le ciel, Andjaou partait dans la brousse couper sa paille et revenait ensuite déguster une bonne perdrix bien fumée et bien salée.

Dans son village, Andjaou avait pour voisine Kpowou, la belle et puissante panthère à la peau tachetée. Kpowou avait bien vu et entendu comment à son retour Andjaou appelait sa femme qui le servait ensuite comme un roi. Un jour, Kpowou décida elle aussi de partir en brousse chercher de la paille. Elle partit avant que le soleil ne se lève, avant même le premier chant du coq. Elle revint très vite, chargée d'une très grosse botte de paille.

À cette heure-là, Andjaou était encore au travail.

Kpowou laissa tomber sa botte devant la case d'Andjaou. Elle était si grosse qu'elle fit baoum ! Le sol trembla. Akpoyo, vite, sortit. Elle se trouva nez à nez avec sa voisine tachetée qui lui dit :

– Je viens de quitter ton mari dans la brousse. Il m'a priée de lui porter ici cette grosse botte de paille. En échange de ce travail tu dois me donner, a-t-il dit, toute la provision de viande qui reste dans votre maison.

Akpoyo, naïve, donna, sans réfléchir plus, les belles perdrix salées et fumées à Kpowou qui s'installa sous l'apatam pour se régaler. Elle mangea. Tout. En plus, elle vida un gros pot de tchoucoutou pour se dessoiffer, et rentra chez elle, satisfaite et repue.

À midi, alors que le soleil avait réussi à grimper en haut du ciel, Andjaou rentra chez lui. Il posa à terre sa petite botte de paille et dit très fort :

– Akpoyo mandala !

Akpoyo, surprise, sortit de la case sans rien apporter. Andjaou, étonné, la questionna :

– Et ma perdrix ?

– Ta perdrix ? Mais il n'y a plus de perdrix. J'ai fait ce que tu m'as demandé.

– Et qu'est-ce que je t'ai demandé ?

– Andjaou, j'ai donné, puisque tu le souhaitais, les perdrix plus un pot de tchoucoutou à Kpowou notre voisine. Elle a posé ici la botte de paille que tu lui avais confiée.

– Femme folle ! Tu as la tête pleine de vent ! Tu es sans cervelle, cria Andjaou en giflant Akpoyo. Tu t'es laissé berner par cette maudite panthère.

Andjaou ajouta tout bas, se parlant à lui-même : « Elle me le paiera, cette Kpowou ! »

Durant la nuit, allongé sur sa natte, les yeux ouverts, Andjaou se moqua du sommeil. Il cherchait comment se venger de Kpowou, ce qui n'était pas facile. La panthère était la plus puissante habitante du village. Même le chef avait peur d'elle. Chaque nuit de la semaine Andjaou réfléchit et... il eut une idée.

Andjaou tressa des cordes, fabriqua un filet aux mailles bien solides et il attendit le moment d'agir. Ce moment arriva, alors que le soleil une fois de plus partait dormir dans le monde invisible.

Ce soir-là, Andjaou courut et courut dans le village. Il passa devant la case de Kpowou aussi vite qu'un éléphant poursuivi par mille moustiques.

Kpowou était là, assise sur une pierre. Elle fumait sa pipe et respirait l'air doux du soir. Andjaou repassa plus que vite devant elle, feignant de ne pas la voir. Intriguée, Kpowou l'appela :

– Andjaou, Andjaou, où vas-tu si vite ?

Andjaou arrêta sa course et, en haletant, répondit :

– Grande sœur, je viens d'apprendre il y a juste un instant, par un génie qui se reposait dans la paille de ma toiture, que le ciel va s'effondrer cette nuit sur notre village. Aïe ! Aïe ! Je cherche ma belle-mère pour la mettre en lieu sûr, dans le souterrain que j'ai creusé pour ma famille. Se cacher sous la terre ou sous les pierres, c'est la seule solution pour ne pas mourir.

– Andjaou, mon cher ami, emmène-moi aussi. J'aime trop cette belle vie pour la quitter.

– Je regrette, ma grande sœur, mais il n'y a pas de place pour toi dans mon filet, tu es trop grosse. Ouille ! je perds mon temps à bavarder avec toi. Le vent arrive, c'est une catastrophe qui vient vers nous. Au revoir, grande sœur, et bonne chance !

– Mon frère, s'il te plaît, mon frère, pleurnicha Kpowou en retenant le filet, je sais me faire petite. Si tu me sauves, tu peux me croire, plus jamais ni toi ni quelqu'un de ta famille ne subira ma mauvaise humeur.

Andjaou l'araignée, hum... eut pitié de sa grande sœur Kpowou la panthère. Il lui ouvrit son filet et elle s'y engouffra. Andjaou referma solidement l'ouverture et jeta son filet sur son épaule. Ainsi chargé, il rebroussa chemin et alla directement chez lui.

La nuit à présent était noire.

Andjaou déposa Kpowou dans un coin de sa case et il appela sa femme et ses enfants.

– Venez ici, venez voir, j'ai capturé cette voleuse de perdrix.

Akpoyo, la femme d'Andjaou, et ses enfants s'armèrent chacun d'un pilon. Ils cognèrent et recognèrent sur la tête de Kpowou qui fut vite fracassée. Ils traînèrent ensuite le corps de la panthère dans le vestibule et le dépecèrent, en prenant soin de lui enlever sa belle peau sans l'abîmer en un seul endroit.

Durant des jours et des jours, Andjaou et sa famille se régalèrent de la bonne viande tendre et douce de Kpowou.

Pendant ce temps, toute la famille de Kpowou était en pleurs. Après mille recherches restées vaines, les enfants de Kpowou décidèrent d'organiser des funérailles en la mémoire de leur mère. Comme Kpowou était âgée, il fallait envisager de grandes et belles funérailles, avec des danses.

Lors de la préparation des funérailles, Andjaou invita You, le petit rat, et lui demanda de l'aider à creuser un tunnel. Un vrai tunnel qui irait de la case d'Andjaou à la termitière* située à la sortie du village. Pour le remercier,

Andjaou lui offrit la belle peau de Kpowou et lui précisa :

– N'oublie pas de revêtir cela pour les funérailles ! Tu seras le plus beau !

Vint le jour des funérailles de Kpowou.

Dès le début de l'après-midi les tam-tams résonnèrent. Les habitants du village se réunirent sur la place. Les femmes, belles dans leurs pagnes colorés, étaient parées de bijoux. Les hommes avaient un pagne neuf noué à leurs reins.

Les uns frappaient dans leurs mains, les autres dansaient. Cela dura des heures. Et puis le soleil s'inclina vers l'horizon. La nuit arrivait, la danse prit fin. Pour rendre un dernier hommage à Kpowou, ses enfants pleuraient et criaient dans la poussière. Les habitants du village étaient émus par cette scène. Ce fut le moment que choisit Andjaou pour faire sortir de sa flûte un chant si beau que tous l'écoutèrent de leurs deux oreilles.

Iwou sé midja midja yo
Ébé toné you bagué ?
Iwou sé midja midja yo
Ébé toné you bagué ?

Vous pleurez votre mère votre mère
Quelle est la peau que porte You ?
Vous pleurez votre mère votre mère
Quelle est la peau que porte You ?

Aussitôt chacun regarda You, bien vêtu d'une superbe peau de panthère : la peau de Kpowou, prêtée par Andjaou. Stupeur ! Passé la surprise, des grands cris sortirent de la foule.

– Arrêtez-le ! Attrapez-le ! Tuez cet assassin !

Andjaou reprit sa flûte et une nouvelle chanson s'éleva.

Tan You dokpané yo powougoulé kidaa !
Tan You dokpané yo powou goulé kidaa !

Ami You jusque dans le trou de la termitière
Ami You jusque dans le trou sous la termitière

You s'élança et disparut. Il se faufila dans le souterrain qui allait vers la termitière. Ses poursuivants, aidés par Andjaou, découvrirent l'entrée du tunnel dans la propre case de l'araignée. Mais comment faire pour obliger You, l'assassin, à sortir de là ?

Le héron au long cou et au long bec essaya. Andjaou présent continuait sa musique. Plusieurs habitants du village avaient allumé leur lampe à huile, pour éclairer la scène. La foule était furieuse, elle attendait la capture de You. Andjaou commença un nouveau chant :

Tan You ndo dokidé seh
Nguéli égnou kéou
Nguéli égnou kéou ?

Ami You n'as-tu pas un couteau
Pour lui couper la tête
Pour lui couper la tête ?

You entendit.

Ainsi, le héron en premier, puis la gazelle,

puis la girafe, eurent la tête coupée, dans le souterrain. Ce fut alors au tour du père éléphant d'essayer de déloger You le rat. Il enfila sa trompe dans le souterrain et, ce faisant, furieux, il donnait des grands coups de pieds sur le sol. La terre tremblait autour de lui. Mais, que se passa-t-il ? Éléphant fit un bon en arrière et s'enfuit à toutes jambes. La foule le suivit. Elle était sûre qu'il avait capturé You. Mais... que se passait-il ? Père éléphant s'écroula. Sa trompe était tranchée. Il saignait. Il saignait tant qu'il mourut là. Alors, les habitants du village prirent peur. Que faire, quand le plus grand et le plus fort et le plus vieux et le plus sage vient d'être tué ?

Les habitants du village s'enfuirent et disparurent dans la brousse.

Dans la nuit noire, Andjaou resté là appela You. Ensemble, ils dépecèrent les animaux morts. Quel joli tas de viande cela faisait ! Andjaou commença le partage. Il prit pour lui les plus gros et les plus beaux morceaux. You n'eut presque rien et il se plaignit. Alors Andjaou l'attrapa et lui tordit le cou en lui disant :

– Depuis quand un petit rat veut manger comme un chef ?

La viande du rat mort s'ajouta à celle du héron, de la gazelle, de la girafe, de l'éléphant...

Andjaou à présent était seul et libre. Tous les animaux sauvages avaient disparu dans la brousse où ils se sentaient maintenant en sécurité.

Andjaou l'araignée, aidé de Akpoyo sa femme et de leurs enfants, transporta la viande dans leur concession. Là ils la fumèrent et remplirent leurs greniers.

Cette fois oui, la malice et la méchanceté avaient triomphé sur la force, l'âge et le courage. Oui, depuis ce temps les animaux sauvages préfèrent vivre au fin fond de la brousse.

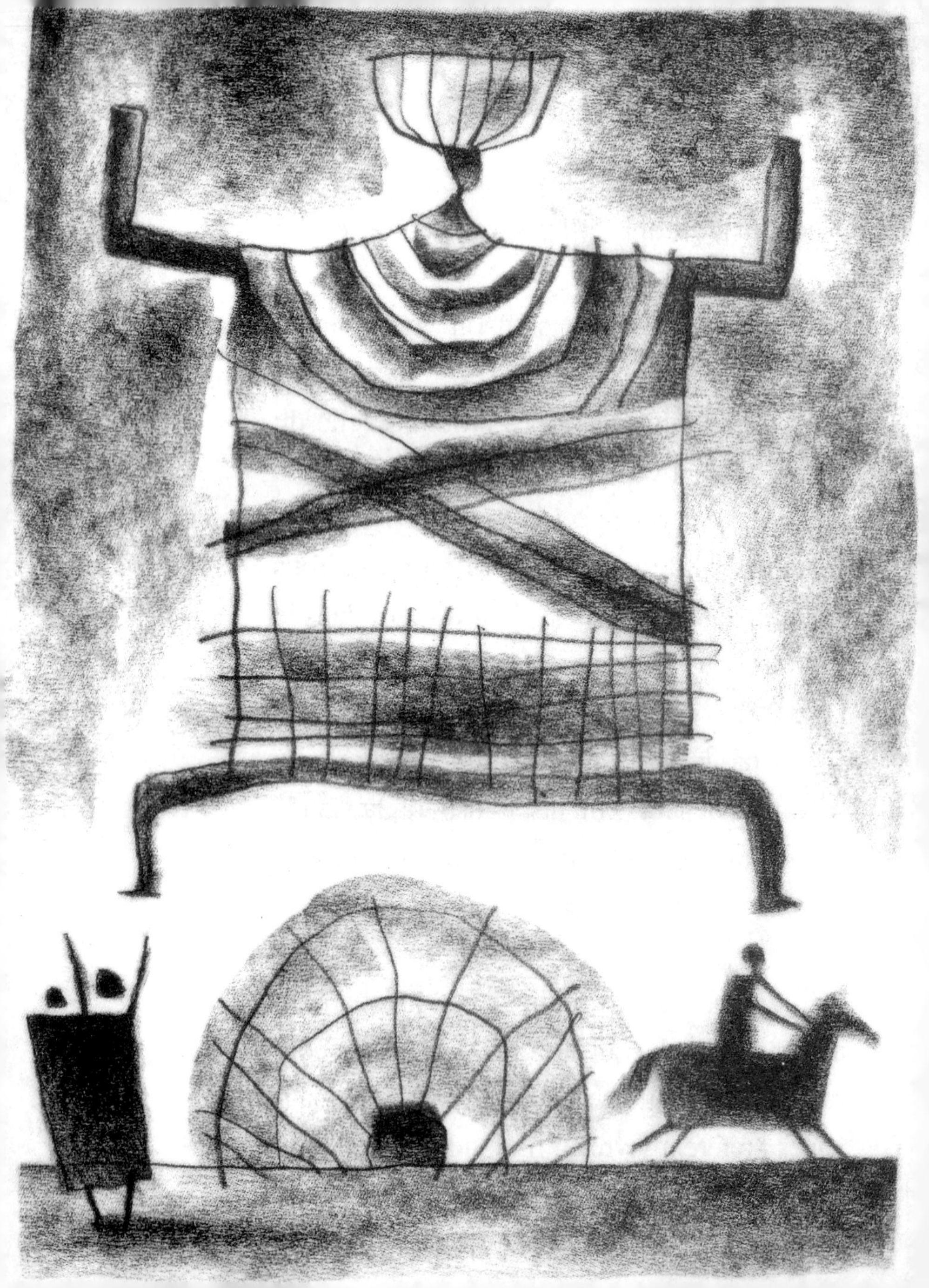

VIII

LA VRAIE RAISON DU FAUX DÉPART DU MOOGHO NABA DE OUAGADOUGOU

« *W<i>agdog ra yaes beoogo</i>*
B bas ti beoog wa a tooré »

Ouagadougou n'aie pas peur de l'avenir
Laisse l'avenir venir lui-même

Terre rouge
tiges de mil blanc
tiges de mil rouge

Terre rouge jusqu'aux quatre horizons du royaume
rouge au sud du sud de la ville de Tenkodogo
rouge au nord du nord de Ouahigouya
rouge au cœur même de Ouagadougou

Partout le mil cherche sans doute 333* fois
le mille du ciel

Au royaume de Ouagadougou, le plus prestigieux des royaumes du peuple mossi*, naquit et grandit Warga. Warga ! Avant de naître, comme tous les pas-encore-nés, il remuait dans le ventre de sa mère, autant qu'une barbiche de bouc accrochée aux épines d'un jujubier*. Après avoir duré plus longtemps qu'une saison des pluies dans ce ventre-là, il en sortit un matin à l'heure où le soleil venait d'apparaître dans le ciel aussi jaune qu'un jaune d'œuf. Dès qu'il fut à l'air, il se fit entendre plus qu'une nuée criarde de tisserins. Ce jour, la bouche du tam-tam gangaongo* aurait pu annoncer la naissance de Warga aux branches des baobabs, aux branches des fromagers ou des cailcedrats* ; ce jour, même les mouches et les moustiques auraient pu danser le warba* !

Bébé-Warga ne ratait jamais les seins lourds de sa maman. Il buvait le bon lait plus doux que du jus de mangue. Il grandit un peu et avala la bouillie bien sucrée, la bonne bouillie de mil au lait caillé. Bientôt il dévora des beignets de haricot*, de la purée d'igname, de la pintade et... il devint plus haut, plus beau, plus fort, plus hardi que ses frères ayant même père même mère*, et que tous ses autres frères. Et quand un jour il devint guerrier parmi les guerriers, il comprit que jusqu'alors les devins et les génies du pays mossi avaient veillé sur lui.

Un matin, réveillé par les incantations des féticheurs*, le soleil se leva sur Ouagadougou.

Avant midi, le Tansoba, qui est le chef de toutes les armées, nomma Warga, naba du Moogho* ! Naba : chef ! roi ! Naba du Moogho, empereur du pays mossi !

Les griots* commencèrent à raconter une vie de roi de plus. Ils ajoutèrent l'histoire de la jeune vie de Warga à celles de tous les empereurs du pays mossi. Ils racontèrent même, chacun à leur tour et à leur manière, l'histoire des rois depuis la naissance de Ouédraogo*, premier roi, né du ventre de la belle Yennenga*.

Warga, vingt-deuxième empereur de la dynastie des Moogho Naba*, était beau au soleil levant. Il avait le visage fin, les pommettes incisées de trois sillons descendant du haut de chaque joue jusqu'au menton. Le peuple mossi l'admirait. Il était porteur de la lumière qui se levait, vêtu de son burnous rouge et de son bonnet rouge d'empereur.

Quand le soleil fut encore plus haut et encore plus jaune dans le ciel, les messages tambourinés avaient été lancés au-dessus des savanes pour annoncer la bonne nouvelle.

Les batteurs de tam-tam, les cogneurs de balafon*, les souffleurs de flûte, les pinceurs de cora*, allèrent se rafraîchir un peu. Ils burent une ou deux calebassées de dolo*.

Warga… Naba Warga, Warga Moogho Naba, dans son palais de Ouagadougou, alla rejoindre sa première épousée, sa femme. Il s'assit près d'elle, dans l'ombre invitante d'un rônier*.

– Ma *séboaga**, me voici naba du Moogho…

Il se tut sans achever sa phrase, comme si le souffle lui manquait pour continuer. Après avoir fermé un instant les yeux, il regarda sa jeune épouse dont il était amoureux fou. Il lui dit :

– C'est difficile en ce milieu du jour de bien parler. Quand il n'y a pas assez de bonheur dans la vie d'un homme, il s'embrouille parce que ses paroles sont blessées. Quand il y a trop de bonheur, il arrive qu'il s'embrouille aussi, même s'il est roi.

Elle écoutait. Belle. Plus belle qu'une femme peule bororo*. Il ajouta :

– Quand une termitière vit, elle ajoute de la terre à la terre pour que la terre reste vivante. Maintenant que je suis naba du Moogho, il me faut savoir régner pour que la coutume du peuple mossi reste vivante et gouverne les hommes, les femmes, le ciel, la terre, l'eau, les arbres...

Elle écoutait. Ses lèvres fermées dessinaient un très léger sourire. À ce moment, dans l'ombre juste fraîche, elle avait semble-t-il autant de douceur qu'une poterie luisante à peine essuyée. Ils burent un peu d'eau de coco*.

– Ma *séboaga*, quand l'amour vit, il ajoute lui aussi de la vie à la vie. Mon amour est grand pour toi... mon amour demain et encore demain ajoutera sans cesse de la vie à ta vie.

– Warga, tes mots d'aujourd'hui, est-ce

qu'ils s'envoleront quand l'harmattan soufflera ? Est-ce que toi-même tu les oublieras ?

— Non, ma *séboaga*. Le vent n'y fera rien, ni une saison sèche ni une saison des pluies. La pluie ne fait toujours que mouiller les taches du léopard. Elle ne les efface pas. Mon amour est comme les taches du léopard.

Le temps passa. Il passa pour les méchants crocodiles à la queue écourtée, pour les envoûteurs qui agitent des sonnailles au bout d'un bâton, pour ces hommes dont les dents pointues sont taillées comme des épines.

Un jour, la belle épouse demanda à Warga :

— Mon roi, mon époux, je veux aller à Lâ, rendre visite à mes parents.

De même que le propriétaire du chien est seul habilité à lui couper la queue, seul le mari peut autoriser sa femme à s'éloigner ici ou là. Naba Warga qui avait déjà répondu non plusieurs fois à cette demande, prétextant que les pistes n'étaient pas sûres et qu'il ne pouvait se passer de la senteur de goyave verte de son épouse, répondit oui. Le huppard* à ailes rouges, lui qui signifie toujours le malheur en pays mossi, était sans doute à ce moment-là adossé au ciel de Ouagadougou.

Le lendemain elle partit, accompagnée de quelques femmes et de quelques serviteurs. Elle s'éloigna, bien assise sur le tapis de selle brodé de son cheval. Naba Warga la regarda longtemps dans le paysage, admirant sa belle allure dans la poussière rouge.

Le temps passa. Il passa pour ceux qui, prêts à tout, voudraient échanger leur langue contre des pouvoirs nocturnes, pour ceux qui comme naba Warga ont l'oreille de la brousse, pour ceux qui connaissent le visible et l'invisible.

Le temps passait mais la belle épouse de naba Warga ne revenait pas. Un matin, ayant trop attendu déjà, naba Warga fit seller son meilleur cheval. C'était un coursier arabe à la tête petite et ronde, un cheval aux larges naseaux. La queue haute, l'encolure arquée et bien allongée. Il était bon coureur, comme ses frères nourris de dattes séchées et de sauterelles du désert.

Naba Warga revêtit ses habits de guerre et y ajouta une parure de gris-gris*. Après avoir pris ses armes et flatté les flancs de son cheval, il l'enfourcha en disant :

– Poussière aux pieds vaut mieux que poussière aux fesses, pour un cheval comme pour un homme, fût-il naba.

Mais ni l'homme ni l'animal ne purent avancer d'un seul pas. Devant eux, les ministres et les grands dignitaires du royaume s'étaient rassemblés en hâte. Ils suppliaient :

– Il ne faut pas partir…

– Il ne faut pas abandonner Ouagadougou…

– Il ne faut pas que l'amour fou pour une femme passe avant les affaires du royaume…

Ils supplièrent si bien que naba Warga ne partit pas. Il remit son voyage au lendemain.

Mais le lendemain et les autres lendemains ce fut la même chose. Tous suppliaient et naba Warga, bien obligé, restait.

Chaque jour il pensait qu'un naba, comme chaque homme, a besoin d'un tuteur pour son corps. Il savait cela, lui dont les jours avaient le goût d'une bouillie sans sauce depuis l'absence de celle qu'il aimait.

Du matin au soir naba Warga, Moogho Naba du royaume de Ouagadougou, aujourd'hui premier des rois du pays mossi, marchait avec une grande rapidité de pas dans la ville. Le voyant, on comprenait que la vraie vie est quelquefois comme un piment mûr et qu'elle rougit les yeux. Que la vraie vie donne aux hommes des yeux rouges de tisserin, quels que soient les privilèges attachés à leur rang.

Naba Warga toujours pensait : « Elle, ma *séboaga*, ne parlait jamais de sa beauté. Elle était comme le sel qui ne dit jamais qu'il a de la saveur. »

La nuit, il regardait les petits margouillats courir sur le mur de terre de sa chambre, dans le tremblement de l'huile qui brûlait. Mais certaines nuits sont mauvaises, elles sentent la panthère, et ces nuits-là il interrogeait les ancêtres* sans jamais rien obtenir que le silence. Lui, naba Warga, savait que le silence aussi est une réponse. Allongé, il parlait à l'absente. Il s'endormait à l'aube, ramassé sur lui-même, comme un vautour en sommeil.

Beaucoup de temps avait passé depuis le départ de l'épouse tant aimée. Mais chaque jour, après le lever du jour, naba Warga, Moogho Naba, faisait préparer son cheval pour aller chercher son amour. Chaque matin, tous les ministres et les dignitaires de la cour se rassemblaient et suppliaient :

– Il ne faut pas partir…

– Il ne faut pas abandonner Ouagadougou.

– Il ne faut pas que l'amour fou pour une femme passe avant les affaires du royaume.

Cela dura longtemps…

Cela dura jusqu'à cette autre saison où mourut Warga.

Aujourd'hui, alors que plusieurs siècles se sont écoulés depuis la mort de Warga, le peuple aussi se souvient. Aujourd'hui et pour longtemps encore, le Moogho Naba de Ouagadougou organise chaque matin son faux départ. Il feint d'aller à son tour chercher la belle épousée de Warga, celle qui fut tant aimée. Après ce faux départ, en présence des ministres assis face au soleil, l'empereur se présente à tous dans ses habits de cour.

Cette cérémonie prend toujours plus d'ampleur le vendredi*.

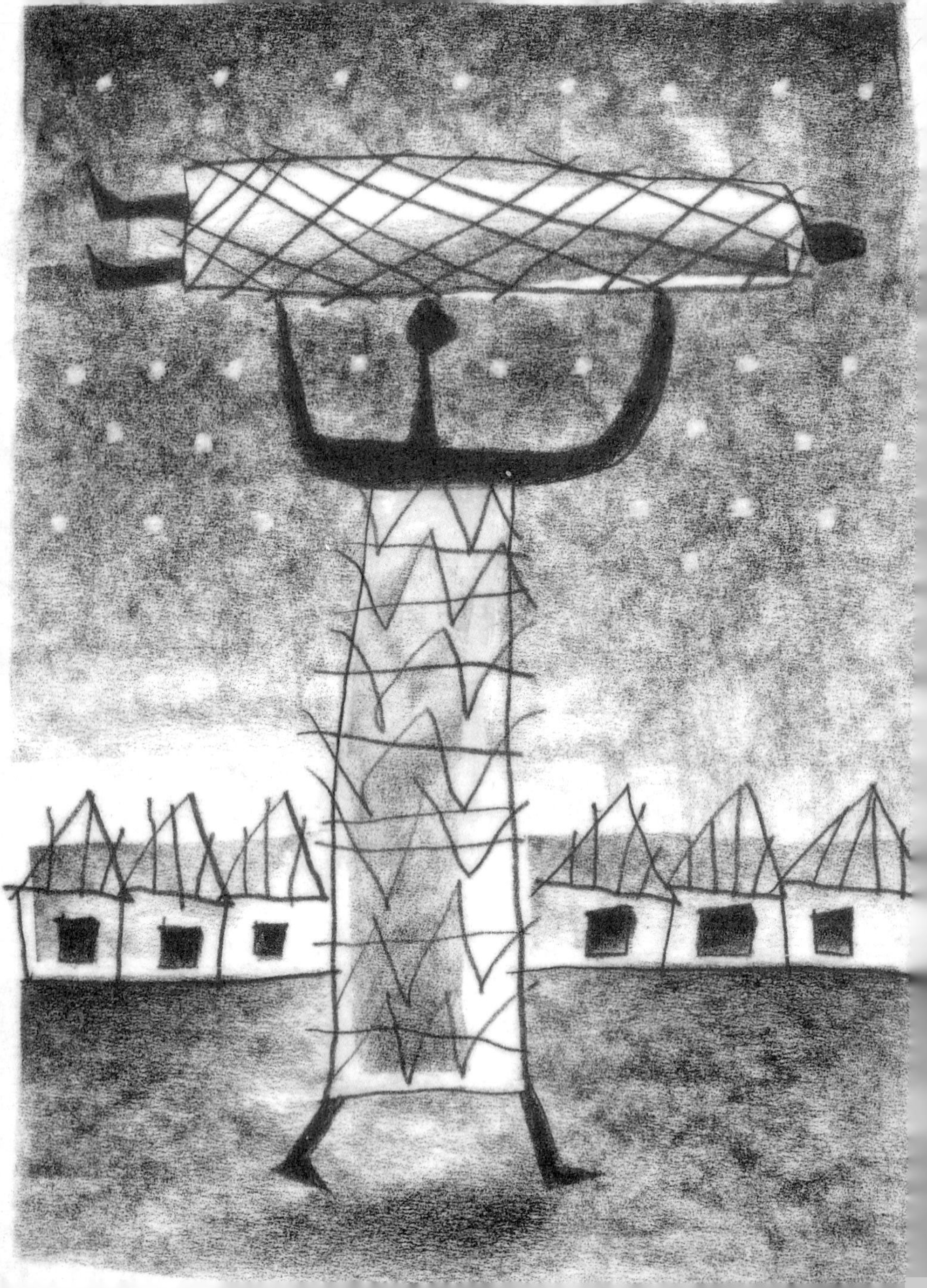

IX
LE JOUR
DE LA BIÈRE DE MIL

Lui était un homme comme tous les autres, mais il était peut-être comme un lion aussi... Pour mieux grandir, il avait reçu sur la tête, selon la tradition, l'huile chaude faite avec les pépins de melon, ces melons d'eau si savoureux.

Elle, sa femme, préparait la bière mieux que toutes les autres.

Elle était belle.

Lui, bien qu'il eût été initié, ne savait pas

que celui qui a épousé une belle femme a épousé bien des tourments !

Un jour de fête, il était allé palabrer* avec les autres sous le palmier-rônier du village. Elle, chez elle, dans sa case, vendait sa bière.

Quand il revint à leur concession, il lui dit :
– Ma femme, donne-moi un peu de bière, j'ai soif. Il fait chaud et j'ai beaucoup parlé.
– De la bière, il n'y en a plus. J'ai tout vendu ! Je croyais que tu te serais dessoiffé avant de revenir ici.

Elle n'avait pas tout vendu. Elle avait caché dans sa hutte un grand canari* rempli de bière à ras bord. Elle le gardait pour faire boire son meilleur ami, un voisin du village…

Le mari se doutait que sa femme était un peu menteuse, elle qui était assez maligne pour égorger un poulet sur un linge blanc sans laisser une seule trace. Il alla voir dans la hutte. Il découvrit facilement le canari, caché sous un pagne. Sans réfléchir plus, et sans demander d'explication, il jeta dans la bière un peu de poison. Il prit bien soin de remettre le pagne sur le canari, exactement comme il l'avait trouvé.

– Ma femme, je repars écouter la parole des anciens sous le palmier-rônier.

Dès qu'il se fut éloigné, la femme alla chercher son ami-voisin et elle lui offrit la bière qu'elle avait refusée à son mari.

– Bois vite, mon ami ! Bois vite, mon mari peut revenir.

L'homme but trois calebassées, prenant à peine le temps de respirer et, sans prévenir par un cri ou un geste, il tomba raide mort.

Aussitôt, la femme courut jusqu'à la place du village, où sous le palmier-rônier se tenait la palabre. Elle attrapa son mari et lui dit :

– J'avais gardé un peu de mauvaise bière, de la bière trouble dans laquelle nageait quelques morceaux de paille de mil...

– De la bière trouble...

– Oui... et j'ai vendu cette bière à notre

voisin. Il vient d'un seul coup de mourir.

– S'il est mort, il est mort. On peut cacher quelquefois une maladie mais on ne peut pas cacher la mort. Moi, cette mauvaise bière, je n'en ai même pas bu. Si tu ne mens pas, tu as tué notre voisin et c'est ton affaire.

La femme se mit à gémir de tristesse et de peur. Le mari réfléchit un peu et dit à voix haute :

– Tu es toujours ma femme, il faut donc que j'aille voir ce mort. Après tout, la mort, c'est un vêtement que chacun doit porter un jour.

Arrivé dans la hutte de sa femme, il constata que le mort était bien mort. Alors que sa femme gémissait toujours de tristesse et de peur, il lui commanda :

– Tais-toi et attendons la nuit.

Quand la nuit eut fermé les yeux de la brousse et du village, ils enveloppèrent le mort dans une grande natte et le mari le chargea sur la tête de sa femme qui le supporta aussi facilement qu'un simple fagot de bois. Ils allèrent assez loin du village. Arrivés près d'un arbre à néré*, le mari dit à sa femme :

– Dépose là ton mort et rentre dormir dans ta case. Si tu as les yeux fermés, tu ne pleureras pas.

Elle partit sans prononcer un seul mot.

Le mari savait bien que dans cet arbre nichaient des abeilles, comme dans tous les arbres à néré. Il savait bien que la nuit, des braconniers de miel étaient dans les branches à essayer d'enfumer les abeilles pour les faire partir et voler le miel. Il se mit à crier :

– Vous, les voleurs de miel, donnez-moi du miel, donnez-moi la récolte de miel sauvage du chef ! Donnez, donnez-moi un peu de miel ou je vais mourir à l'instant au pied de cet arbre.

Ceci étant crié, il s'enfuit sans se faire entendre, abandonnant le cadavre que sa femme avait porté.

Les trois braconniers qui étaient dans l'arbre ne voulaient pas prendre le risque d'être dénoncés au chef, aussi le plus hardi d'entre eux dit à voix basse :

– Tiens, l'homme, attrape ce miel, il est pour toi !

Il se pencha et tendit vers le sol une gourde pleine. Personne ne prenant la gourde, personne ne disant un seul mot, il descendit de sa branche. Aïe ! Ce qu'il vit au pied de l'arbre le fit crier très fort.

– Un cadavre... il est mort ! L'homme qui nous réclamait le miel est mort !

Ses complices sautèrent sur le sol à leur tour.

– Il faut nous débarrasser de ce mort, ou l'on dira de nous que nous sommes et des voleurs et des assassins.

– Enterrons-le dans la brousse, suggéra le premier complice.

– Non. Mettons-le dans le grenier* de l'autre voleur... l'autre, celui qui au fond du village remplit ses greniers avec le mil et le sorgho* des autres.

– Faisons cela.

Le plus courageux des trois porta le mort sur son dos et ils marchèrent dans la nuit noire, vers le village. Arrivés devant la case de l'autre voleur qu'ils connaissaient bien, le plus courageux appela :

– Ma femme, ma femme, viens prendre ce paquet bien enveloppé et mets-le dans mon grenier !

La femme sortit dans la nuit noire, elle prit le paquet et le mit au grenier, sur la réserve de mil. Quand plus tard dans la nuit le vrai mari de cette femme arriva avec ses voleries de mil et de sorgho, elle lui dit :

– Encore ! Tu m'as déjà réveillée tout à l'heure...

– Quoi ?

Elle n'eut pas le temps d'en dire plus. La lune qui avait mangé un nuage éclairait le grenier et le mari vit le paquet. Le paquet... un cadavre !

– Ma femme, tu te moques de moi... mais un jour je me vengerai de toi. Tu es réveillée, alors viens. Il faut que disparaisse ce cadavre plus mort qu'un arbre mort. Viens. Suis-moi !

Il chargea le cadavre sur la tête de sa femme qui le supporta aussi facilement qu'un fagot de bois mort et il se dirigea vers la concession d'un autre à qui on avait volé des chèvres. Qui peut voler des chèvres, si ce n'est la hyène ou… un voleur ayant deux bras, deux jambes et une tête… ?

Arrivés doucement à la porte de la hutte aux chèvres, ils constatèrent qu'il n'en restait qu'une seule : toute seule ! Le mari enleva les grosses branches qui fermaient le haut de la porte et à leur place déposa le mort, bien en vue. Sans se retourner, ils partirent.

Le lendemain matin, quand le soleil se leva pour éclairer le ciel et la terre, une femme vint nourrir la petite chèvre, avec quelques feuilles de tamarinier et un peu d'herbe. Tout de suite, elle vit le mort en travers de la porte. En criant, elle courut vers son mari.

– Le voleur... le voleur de nos chèvres... il est là, mort et mort !

Le mari arriva.

– Il est bien mort ce voleur de cabris. Il est mort en voulant voler notre dernière chèvre !

Il prit une branche et avec, frappa le cadavre six fois.

– Six coups puisque c'est toi qui m'as volé six chèvres, dit-il.

Se tournant vers sa femme, il lui annonça :

– Les parents de ce voleur-là devront m'échanger le cadavre contre six cabris, s'ils veulent l'enterrer.

C'est ainsi que les parents de l'ami-voisin qui avait bu trois calebassées de bière de mil donnèrent six cabris, pour pouvoir enterrer leur fils.

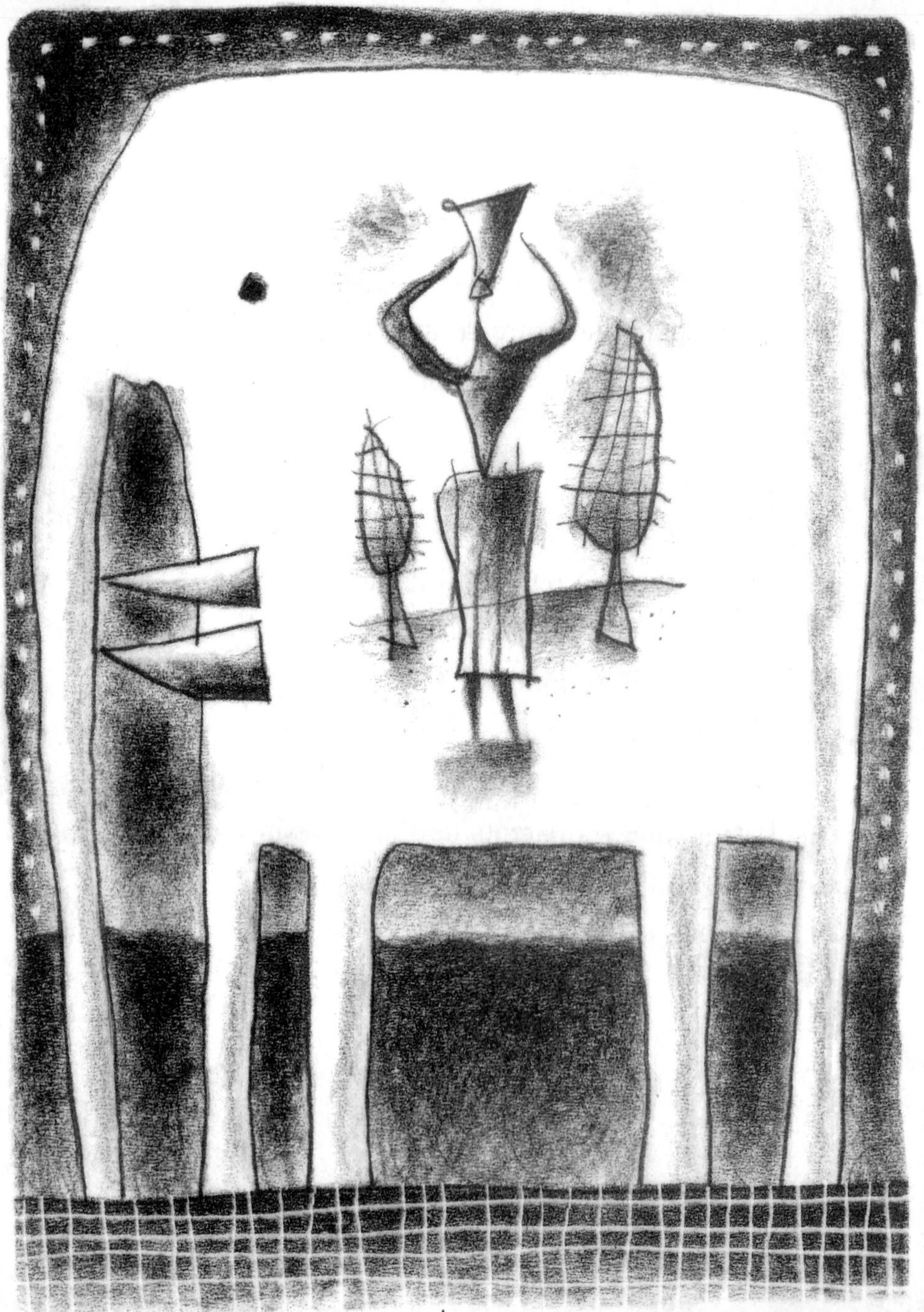

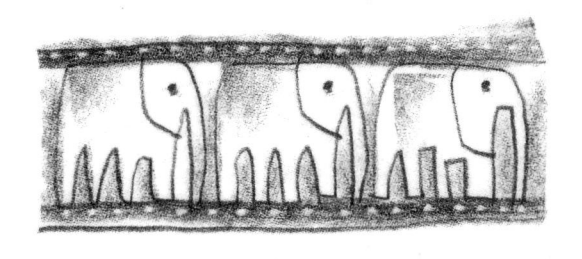

x
ÉLÉPHANTE D'ABORD, ÉLÉPHANTE ENCORE

Les éléphants sont bien comme les arbres et comme tout le monde ! Quand il fait trop chaud, ils ne rêvent que d'une chose : aller se baigner dans la rivière.

En cette saison, le soleil chauffait tellement qu'il faisait bouillir toutes les marmites du ciel et de la terre. Quelques éléphants gros grands gris, avec de longues trompes et des petites fesses, décidèrent d'aller se rafraîchir. Pour mieux se baigner dans la rivière, ils se déshabillèrent de leur peau d'éléphant et devinrent des hommes et des femmes.

Alors qu'ils nageaient sur l'eau et sous l'eau, se laissant effleurer par la caresse fraîche du courant, arriva un chasseur. Il venait remplir sa gourde. Tout de suite, avec ses yeux perçants de chasseur, il vit sur la rive les peaux d'éléphants qui attendaient, à l'ombre d'un palmier-doum*. Il repéra une peau plus jeune, plus fine et plus tendre que les autres. Il s'en empara, puis il regarda les baigneurs et les baigneuses qui jouaient dans l'eau. Après un petit temps d'observation, il aperçut une belle jeune fille... très belle. Elle était aussi luisante qu'une feuille fraîche de bananier. Il devina que la peau plus jeune, plus fine, plus tendre, lui appartenait. Il la cacha derrière un buisson d'épineux et là, il se cacha à son tour.

Il attendit sans bouger plus qu'une souche* endormie.

Peu après, les baigneurs sortirent de l'eau.

Ils remirent leur peau et redevinrent des éléphants gros grands gris... La belle jeune fille chercha la sienne en vain. Quand elle comprit qu'elle ne retrouverait pas sa peau, que l'ombre du palmier-doum l'avait certainement avalée, elle pleura tant que le chasseur, qui l'observait, crut que la source des larmes en elle était devenue folle.

Les éléphants partirent sans soucis se rassasier sans doute dans un grand champ de mil blanc. La jeune fille resta seule à pleurer.

Le chasseur se montra et s'approcha.
– Comment t'appelles-tu ?
Elle ne répondit pas mais continua à pleurer.
– Allons, sèche tes larmes, il ne peut arriver malheur à quelqu'un qui n'a pas de nom.
Comme elle ne parlait toujours pas et qu'elle pleurait sans cesse, le chasseur reprit :
– Puisque tu pleures encore, dis-moi pourquoi.
– J'ai perdu...

– Quoi ?

– J'ai perdu... je suis perdue !

– Belle jeune fille, tu n'es pas perdue, je suis là, moi ! Allez, viens avec moi. Viens chez moi.

Elle le suivit.

Le soir, dès qu'ils eurent mangé la boule de mil* avec la sauce, il lui toucha le visage, le ventre, les jambes. Il lui dit :

– Tu es douce comme du sorgho sucré. Je vais te construire une belle case et dès demain tu seras ma femme.

Ce fut fait. Dès le lendemain, la belle jeune fille devint la femme du chasseur et, le soir de ce lendemain-là, ensemble dans la nouvelle case, ils luttèrent à main plates... et il gagna.

Bientôt ils eurent un, deux, trois, quatre enfants.

Le chasseur chaque jour allait en brousse, espérant tuer une antilope ou un lion. Avant de partir, il prenait dans l'un de ses greniers la ration de mil nécessaire qu'il donnait à piler à sa femme, pour le repas du soir.

Un matin, alors que ses enfants avaient déjà grandi, il partit, oubliant de donner le mil. C'est son grand fils, envoyé par sa mère, qui alla au grenier. Après avoir grimpé à l'échelle, il plongea sa main pour prendre une première poignée de grains. Mais la provision tirait sur la fin et la main du garçon racla le fond. Il risqua un œil, pour voir ce que sa main touchait, et quelle ne fut pas sa surprise ! Il découvrit une peau toute jeune, toute fine, toute tendre : une peau d'éléphant.

Oui, c'était dans son grenier, il y avait longtemps, que le chasseur avait caché la peau qu'il avait trouvée près de la rivière. La peau de sa femme...

Quand le garçon revint sans un seul grain de mil, mais avec une belle peau d'éléphant qu'il étendit aux pieds de sa mère, elle reconnut sa peau et sauta de joie. Sans plus attendre, elle l'enfila et redevint immédiatement une éléphante.

Elle se mit à pousser des barrissements qui firent trembler les cases du village. De sa trompe elle caressa ses enfants et elle partit en courant, plus heureuse qu'un arbre mort transformé en cheval ! En peu de temps, elle retrouva son troupeau et, à tous, elle raconta son histoire.

Deux jours plus tard, les éléphants capturèrent le chasseur qui leur préparait un piège. Certains dirent qu'il fallait le tuer tout de suite, d'autres crièrent qu'il fallait aller jusqu'à la rivière pour l'y noyer. Après avoir écouté leur sœur éléphante revenue parmi eux, qui avait aimé son mari, le vieux chef déclara :

– Chasseur, tu nous avais volé notre fille notre sœur, et tu en as fait ta femme. Nous ne te pardonnons pas cela. Mais puisqu'elle fut ta première et seule épousée, puisqu'elle fut ta seule préférée, et qu'en son temps tu lui donnas les bénédictions du mariage avec un bâton de goyavier* sauvage, tu peux partir.

Le chasseur s'en alla, un peu triste, mais heureux de garder la vie.

Depuis que cette histoire s'est déroulée, les quatre garçons du chasseur ont choisi l'éléphant comme totem. C'est son image qui est dessinée sur leur case. Ils peuvent manger du crocodile, de la pintade sauvage ou quelques bonnes termites ailées, mais jamais de l'éléphant !

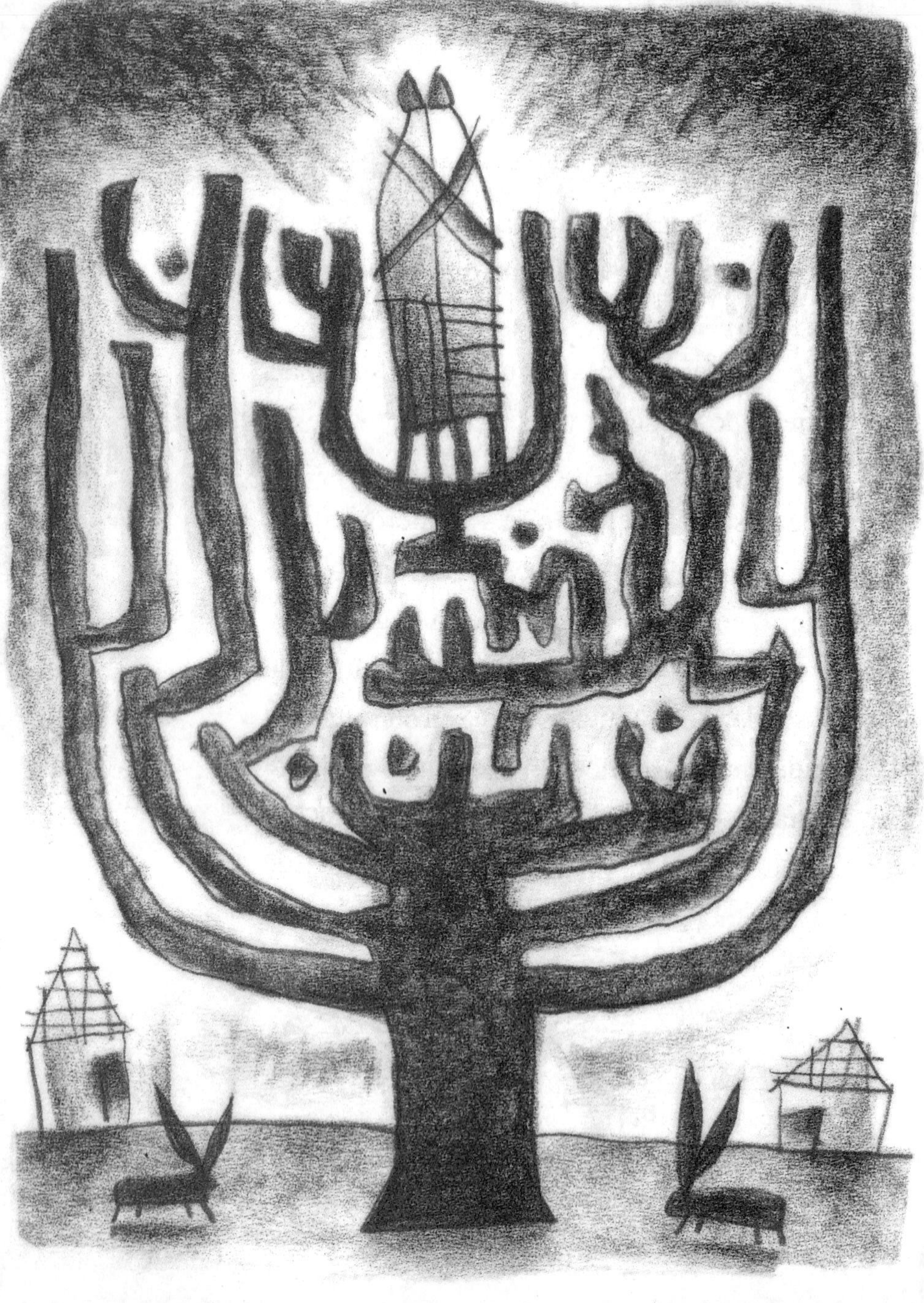

XI
L'Une est comme ceci, l'autre comme cela

Un matin, un garçon qui avait déjà grandi pendant au moins vingt saisons des pluies s'arrêta à l'ombre d'un cailcedrat pour acheter à une vendeuse une calebassée de jus de tamarin* au piment. Celle-là avait déjà grandi pendant au moins vingt saisons sèches. Dès qu'il la vit, le garçon décida que cette belle serait sa femme.

À peine avait-il pris sa décision que le cailcedrat, qui avait sans doute entendu ses pensées et... celles de la fille, baissa la tête et ses plus hautes branches, comme d'aimables bras prirent le garçon et la fille qui se retrouvèrent l'un contre l'autre, serrés, là-haut, à côté du ciel bleu.

Sans trop attendre, ils se marièrent. Il construisit une case, un peu au loin, presque au cœur de la brousse. Il était grand cultivateur, maître de la houe. Il faisait pousser dans ses champs du sésame*, du haricot, du mil rouge, du mil blanc, des ignames et toutes sortes de condiments, comme le gombo* et le pili pili.

Leur case, plusieurs heures par jour, était caressée par l'ombre légère de l'arbre à néré.

À peine avaient-ils duré ensemble une année qu'ils eurent une fille : Yassédi. Trois semaines après cette naissance, ils mangèrent la boule des pleurs*, la boule de mil, avec une bonne sauce au sel.

Ils durèrent encore une autre année et

Yassédi eut une petite sœur : Sounigué. Trois semaines après la naissance de Sounigué, le père et la mère bien sûr mangèrent la boule des pleurs, la boule de mil, avec une bonne sauce au sel.

Quelques années plus tard, les filles avaient un peu grandi.

Un jour, alors que le père travaillait dans ses champs, la mère prit avec elle Sounigué et partit dans un coin de brousse brûler des roseaux afin de faire un peu de cendre et filtrer le sel. Yassédi était restée seule, près de leur case, à peine protégée par les seccos* de clôture qui entouraient la cour.

Sou l'araignée arriva avec son ami le crapaud et demanda :

– Yassédi, où sont les autres, si tu es seule ?

– Mon père est quelque part, courbé au-dessus de la terre, avec sa houe. Ma mère est partie faire du sel.

Sou l'araignée s'en alla ailleurs, suivie du

crapaud. Dogdogoum le lièvre arriva. Il demanda à son tour :

– Yassédi, où sont les autres, si tu es seule ?

– Ma mère est partie faire du sel. Mon père est quelque part courbé au-dessus de la terre, avec sa houe.

Dogdogoum le lièvre s'en alla ailleurs.

Arriva un homme qui avait sur la peau des écailles de crocodile. Ses yeux étaient rouges et sa bouche ressemblait à une plaie saignante. C'était peut-être un de ces sorciers qui se promènent la nuit avec une torche allumée dans chaque main ; un de ces sorciers qui se tord le cou pour que votre cou se torde, ou qui crache ses dents pour que vos dents tombent. Il s'appuya sur les seccos.

Yassédi, sans réfléchir plus, se précipita sur un canari et lui servit tout de suite l'eau de bienvenue. Il se dessoiffa et, quand ce fut fait, il dit :

– Yassédi, tu es vraiment une très bonne et très aimable petite fille, et il ajouta : Trouve, si tu le peux, une vieille calebasse pour moi.

Yassédi choisit une belle calebasse bien propre qui avait été gravée de jolis dessins et l'apporta. L'homme y versa quelques grains de mil qu'il mélangea avec un peu d'eau, et commença à manger. Voyant cela, Yassédi lui ajouta un peu de bonne bouillie faite par sa mère, avec les gousses de l'arbre à néré. Elle voulait qu'il soit rassasié.

– Yassédi, vraiment, merci. Tu es bonne... Es-tu toujours bonne comme cela ?

Yassédi baissa la tête, sans répondre. L'homme parla encore.

– Va me chercher une marmite.

Elle alla prendre une jolie marmite bien propre et la lui apporta. Aussitôt, il se coupa un morceau de chair, mit son morceau dans la marmite et dit :

– Yassédi, fais-moi cuire cela avec un peu de sel et prépare une bonne boule de mil pour manger avec.

Yassédi mit la viande dans la marmite,

avec juste ce qu'il faut d'huile. Elle pila un peu de mil, prépara une bonne boule de pâte qu'elle fit bien cuire. L'homme prit ce repas dans un panier tressé et le garda pour le soir ou le lendemain.

– Yassédi, tu es bonne et bonne et bonne. Maintenant que les mains du soleil touchent presque les épaules de la terre, il est temps que je m'en aille. Veux-tu marcher un peu avec moi ?

Yassédi sans répondre lui emboîta le pas. Tout de suite, l'homme se mit à chanter :

Je suis un sorcier de nuit, un sorcier de jour
Je parle à la nuit, la nuit,
et le jour, je parle au jour

Après un petit moment de temps, ils arrivèrent près d'un marigot, dont l'eau était épaisse et verte sur le bord et blanche et grasse au milieu.

– Yassédi, dans laquelle de ces eaux voudrais-tu te baigner ?

– Je ne peux pas choisir l'une ou l'autre de ces eaux puisque je ne sais rien du secret des initiés.

– C'est vrai. Tu as raison. Écoute, Yassédi, c'est moi qui te le dis, tu peux te baigner sans crainte dans l'eau verte.

Yassédi, qui avait eu chaud depuis le petit matin, se jeta dans l'eau verte. Quand elle en ressortit... – comment le dire ? comment le croire ? – elle étincelait ! Ses poignets et ses chevilles portaient des bracelets d'or. Sa taille était ceinturée de plusieurs rangées de perles rouges. Des perles blanches brillaient à son cou et des boucles à ses oreilles attendaient les étoiles pour, avec elles, rivaliser d'éclat.

Le sorcier s'approcha de Yassédi et lui murmura :

– C'est assez à présent. Garde ces richesses puisque tu sais être bonne sans rien demander. Va. Retourne dans ta case et ne deviens jamais sorcière.

Yassédi repartit chez elle. Le sorcier s'en alla droit devant lui. Quand Yassédi arriva dans sa case, le soir l'attendait. Elle se coucha sous sa natte et non dessus, comme si elle craignait que la nuit ne lui vole tous ses trésors.

Sa mère revint la première de la brousse, avec sa sœur. Toutes deux cherchèrent Yassédi. Elles allumèrent un feu et quelques torches de paille. Elles découvrirent Yassédi endormie sous la natte et...

– Ma fille, ma fille ! You, you* !

La mère de Yassédi ne savait que répéter « ma fille, ma fille ! » et pousser des youyous de joie. Sa sœur Sounigué se mit à pleurer.

– Si j'étais restée là, si je n'étais pas allée en brousse avec ma mère, moi aussi j'aurais eu mille cadeaux.

Le lendemain et les autres jours, Yassédi ne voulut rien dire à son père, à sa mère, à sa sœur, de ce qui s'était passé.

À partir de ce jour, Sounigué refusa d'aller

en brousse, que ce fût pour faire du sel ou pour chercher du bois. Elle refusa d'aller aux champs avec son père, même pour seulement ramasser les aubergines ou le pili pili ou les gombos.

Yassédi, avec ses parures, continuait d'aider sa mère, tout autant pour la cuisine que pour le sel ou pour le bois. Elle aidait aussi son père tout autant pour planter le sorgho que pour chasser les bandes de mange-mil* qui attaquaient les récoltes.

Un jour que Yassédi travaillait avec son père, alors que sa mère faisait seule du sel dans un coin de brousse, un homme arriva à leur concession. Il entra dans leur cour et vint près de leur case. Il avait sur la peau des écailles de crocodile. Ses yeux étaient rouges et sa bouche ressemblait à une plaie saignante. C'était le sorcier de jour et de nuit qui avait rencontré Yassédi. Quand il vit Sounigué, il lui dit :

– *Lapya**.

Elle, au lieu de dire bonjour à son tour, éclata de rire et elle lui tourna le dos. Quand elle le regarda de nouveau, ce fut pour lui lancer :

– Grand-père, tu as des écailles, pouah ! Grand-père, tu as une bouche, ouille ! Grand-père, tu as des yeux... des yeux !

– Grande fille, veux-tu prendre une vieille calebasse et me donner à boire ?

Elle se retourna et murmura : « Ce fils de chien est un bâtard de bâtardise », et elle prit une vieille calebasse fendue. Elle y versa un peu d'eau et la lui tendit.

– Bois, dessoiffe-toi, si tu le peux.

Il but un peu d'eau, très peu. Presque toute l'eau avait coulé par terre, comme si la calebasse fendue était un panier percé.

– Grande fille, veux-tu bien prendre une marmite et faire cuire un peu de viande pour ton grand-père ?

Sounigué choisit la vieille marmite bien sale qui ne servait plus que pour l'eau des pintades. Elle la tendit au vieux à écailles. Il se coupa un morceau de chair, le mit dans la marmite et demanda :

– Voudrais-tu me faire cuire cela avec un peu d'huile et me faire un petit gâteau de mil bien souple ?

En éclatant de rire, Sounigué reprit sa marmite. Elle fit chauffer la viande avec de l'eau et non avec de l'huile. Elle prit du son et non de la belle farine blanche. Elle le mouilla, le mit dans une vieille calebasse ébréchée. Quand tout ceci fut fait, elle donna ce mauvais repas au vieux, comme s'il s'agissait du grand repas de fête de l'année, celui que l'on mange pour l'arrivée du mil blanc ! Il mangea sans rien dire.

– Grande fille, j'ai fini de manger. Je vais partir. Veux-tu bien m'accompagner un bout de chemin comme c'est la coutume ?

Sounigué partit devant le vieux, toujours aussi peu soucieuse de respect. Ils arrivèrent près du marigot.

Le vieux en chemin avait chanté :

Je suis un sorcier de nuit, un sorcier de jour
Je parle à la nuit, la nuit,
et le jour, je parle au jour

Sounigué, qui avait marché trop loin devant, n'avait rien entendu des paroles de la chanson.

– Grande fille, veux-tu que je te donne une belle eau pure pour te baigner ici ?

Sounigué éclata encore de rire et répondit méchamment :

– Donne-moi donc de l'eau jaune, rouge, bleue…

Aussitôt l'eau du marigot devint jaune, rouge et bleue ! Surprise, Sounigué glissa et tomba dans l'eau. Quand elle en sortit, elle était couverte de verrues et de gros boutons rouges. Elle avait des plaies ouvertes aux bras et aux jambes et chacun de ses doigts s'était transformé en serpent.

Le soleil avait posé ses mains sur les épaules de la terre. Sounigué malgré elle se mit à chanter :

Il fait nuit, je suis une sorcière de nuit
Il fait nuit, je suis une sorcière de nuit
Il fait nuit...

Le sorcier, lui, s'en alla droit devant lui.

Sounigué repartit vers la concession de ses parents. Quand elle y arriva, sa mère qui la cherchait venait d'allumer quelques torches de paille. Elle vit sa fille et fut tout effrayée. Dans la nuit, à la lueur des torches, les yeux de Sounigué étaient plus rouges que le sang. Le reste de sa personne était... était pire encore.

Qui saurait dire si cela serait arrivé à cette fille si elle n'avait pas été éhontée, si elle n'avait pas fait l'orgueilleuse, si elle avait seulement respecté et aidé ses parents et les plus vieux que ses parents ?
Qui saura dire si celui qui est assis sur la termitière doit parler mal des termites ? Si

celui qui est vivant doit se moquer du lien du sang et du lait, se moquer seulement de quelqu'un ?

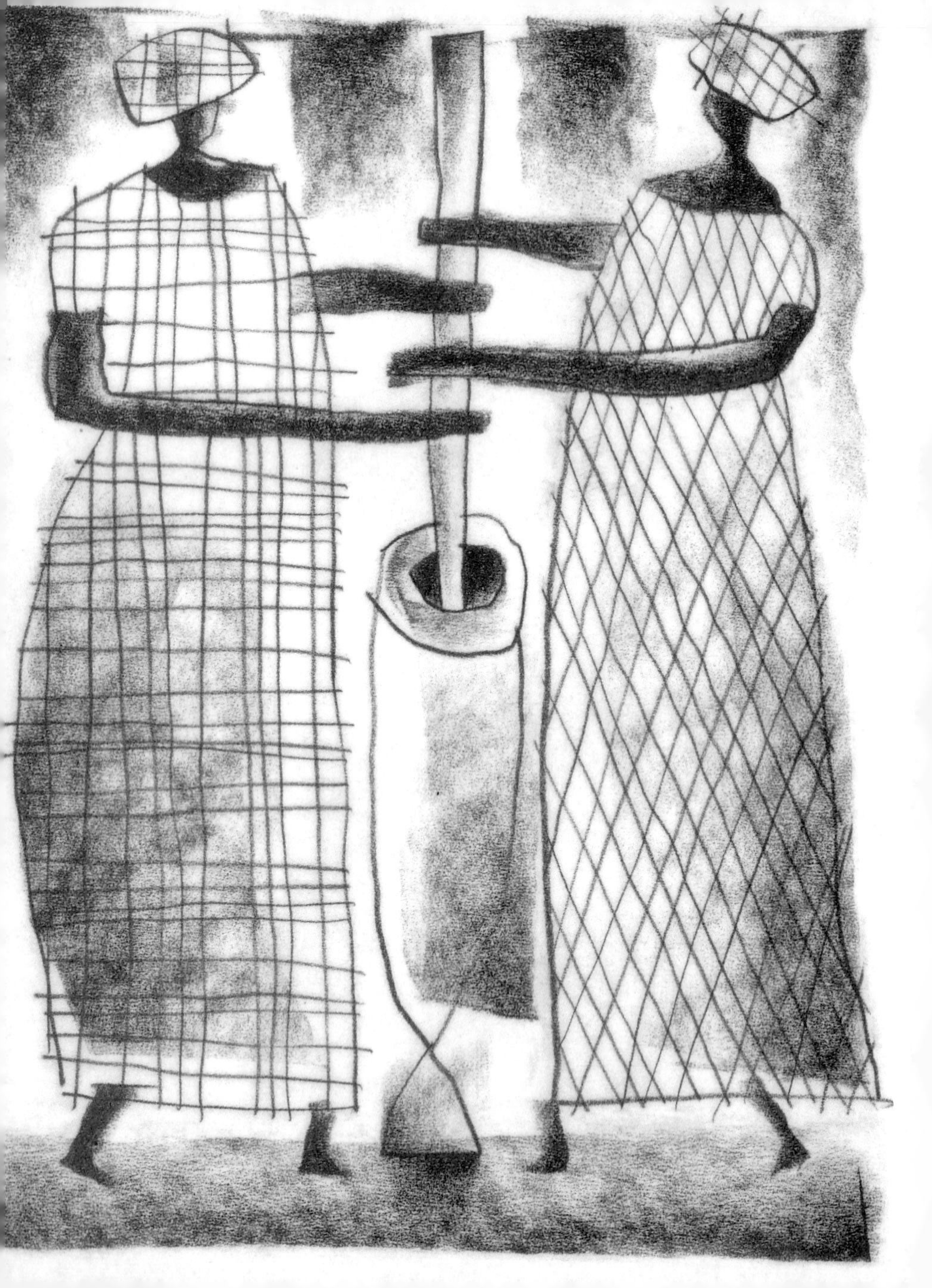

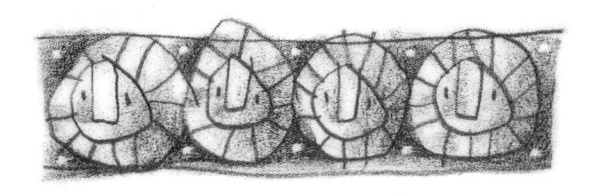

XII
LES DEUX FILLES BELLES COMME DES MELONS D'EAU

Dans ce village-là comme dans toute la région, le ciel et la terre étaient tristes seulement les jours de famine, vers la fin de la saison des pluies. Le ciel et la terre étaient heureux quand tous buvaient la bière de mil nouveau, quand les épis étaient encore en tas dans les champs, quand on pouvait s'échanger du sorgho, du sésame, des noix de karité.

C'était un village comme les autres, où les

vaches rendent les hommes riches, même dans le chagrin.

C'est là qu'habitaient deux filles grandes et belles : deux amies. Elles étaient vraiment aussi belles et aussi rondes que des melons d'eau.
Ces deux filles étaient sages. Ensemble, avec leurs quatre mains elles préparaient le goum* pour en faire une bonne sauce filante, elles qui n'avaient jamais connu de près un seul garçon.
Ces deux filles-là étaient nées roses comme tous les enfants d'Afrique, avant de devenir luisantes et noires. Leur beauté était si remarquable qu'on disait qu'un sorcier nomade avait déposé ses deux yeux quelque part dans leur village, pour les admirer sans cesse pendant qu'il parcourait la brousse.

Un jour, Tchinda, l'une des deux filles, dut partir dans un village voisin visiter son oncle maternel qui était malade. Son amie Nayao resta seule près de l'arbre rô* à dégrainer des arachides. Un grand chasseur arriva dans le village. Il avait les fesses recouvertes de sa peau de cabri et il tenait à la main un grand couteau de jet. Il s'approcha de Nayao et lui demanda une calebasse d'eau. Quand il fut près d'elle, il se rendit compte qu'en plus de sa beauté, elle avait une senteur de mangue ! Il se mit à l'aimer, il s'en fit aimer et devint son mari.

Elle qui avait été admirée par des hommes-lions* et des hommes-caïmans* devint la femme de ce chasseur. Il avait certainement avant de la rencontrer fait de nombreuses offrandes aux esprits. Après leur mariage, il retourna chez lui, dans son village, avec sa femme.

Tchinda, dès que son oncle maternel eut retrouvé une bonne santé, revint à son village. Elle chercha son amie mais… On lui apprit la nouvelle : Nayao n'était plus là. Elle était partie vivre ailleurs avec son mari. Tchinda ne sut que pleurer du matin au soir, et puis elle décida d'aller rejoindre Nayao, là où elle était.

Tchinda prit une grande calebasse, y mit toutes ses affaires et, son bagage posé sur la tête, elle partit. Quand elle arriva chez son amie, tout le village put entendre les youyous de joie ! Elles se serrèrent fort et ne se quittèrent pas une seule minute de toute la semaine.

Le mari chasseur était parti à la chasse.

Le mari avait tué un buffle. Il avait pris bien soin, avec des feuilles de goyavier sauvage et d'autres feuilles encore, trempées dans l'eau, de mouiller la tête de l'animal vaincu. Ensuite il l'avait égorgé et dépecé sans crainte. Il savait bien que s'il n'avait pas fait cela, tous ses enfants à venir seraient devenus fous.

Quand il arriva avec sa viande, ce fut Tchinda qui prépara le festin, pendant qu'il se faisait laver par sa femme avec de l'eau chaude. Quand le repas fut prêt, les beaux-parents de Nayao furent servis dans leur case. Ils reçurent un bon gâteau de mil blanc, mélangé avec du miel et un morceau de buffle bien viandé, accompagné d'une sauce gluante. Les deux amies et le mari dégustèrent la même chose. Dans le village, tout le monde sut que de toute leur vie ils n'avaient jamais si bien mangé.

Le lendemain, ce fut au tour de Nayao de préparer le mil, la viande et la sauce. Le mari, son père, sa mère, plus ses frères qui avaient été conviés trouvèrent que le gâteau de mil n'était pas assez souple, que la viande était dure et que la sauce n'avait aucun goût.

Le mari chasseur, la nuit même, renvoya sa femme, bien décidé qu'il était à épouser l'amie... la belle Tchinda qui avait une si bonne main pour assouplir le mil et faire la sauce gluante.

Au matin, après avoir roulé sa natte de

nuit, Tchinda, la si bonne cuisinière, s'aperçut qu'elle était seule dans la concession, seule avec le mari de son amie. Il lui dit qu'elle devait, elle, devenir sa femme à lui, le jour même.

Sans en entendre plus, elle s'enfuit, aussi vite qu'un margouillat devant un feu de brousse. Si vite qu'un peu plus tard elle rattrapa Nayao qui se reposait, appuyée au tronc gris d'un gayanga*. Assises, elles comptèrent pour jouer les fruits de l'arbre qui ressemblaient à des haricots orange. Soudain, elles entendirent des rugissements. Non loin, devant elles, passaient sans se presser deux lions qui avaient l'air de se promener. Prises de peur, elles se serrèrent la main pour courir ensemble. Mais la première heurta une souche et tomba, entraînant son amie dans sa chute.

– Souche ! souche ! Tu nous as fait tomber, nous allons mourir.

– Non, vous ne mourrez pas. Cachez-vous derrière l'arbre, et attendez. C'est tout.

Elles se cachèrent derrière le tronc du gayanga. Elles y restèrent, l'une contre l'autre, sans bouger et sans dormir, jusqu'au matin.

Quand le soleil arriva au-dessus de leurs têtes, elles virent, assis près d'elles, sur deux tabourets de chef ornés d'une tête de lion, deux garçons, des jumeaux.

– Maintenant qu'il fait bien jour, partons dit le premier.

– Le village où nous allons vivre tous les quatre est encore un peu loin, ajouta le second.

Les deux amies, surprises, se regardèrent.

– Et si ces deux-là étaient les deux lions que nous avons vus hier ?

– C'est vrai qu'il n'est pas rare que des hommes se transforment en animaux, mais deux maris pour nous deux… c'est bien et c'est mieux !

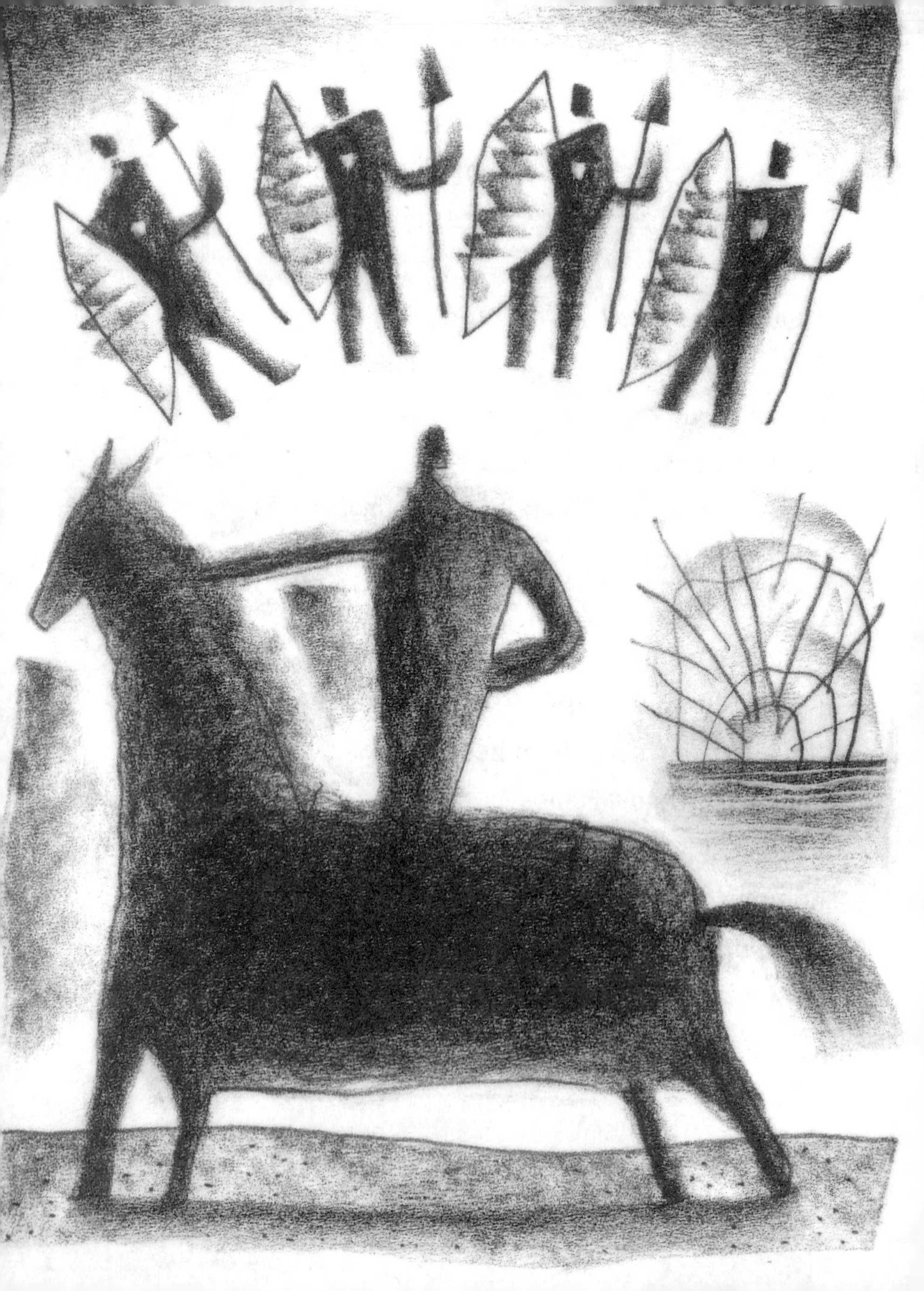

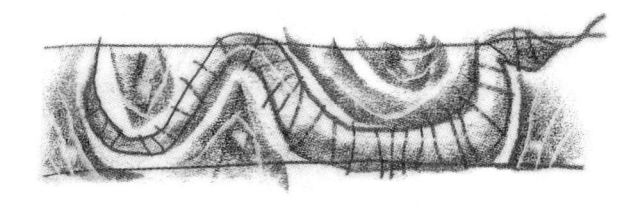

XIII
LA FILLE QUI ATTRAPA LE SERPENT

SIA ÉTAIT la plus belle du village. Elle était si longue, de bas en haut, qu'elle n'avait jamais besoin de se mettre sur la pointe des pieds pour que le bleu du ciel lui caresse la tête. Ses formes étaient si rondes qu'on aurait pu croire qu'elle était née de la graine magique d'un calebassier.

Tous les garçons du village rêvaient de l'avoir pour femme. Tous avaient offert à son père un peu d'argent, puis des tiges sucrées de sorgho, des arachides, des ignames, du mil, des pois de terre... Mais Sia ne choisissait jamais : aucun des garçons ne lui plaisait assez.

Arriva comme chaque année la pluie des mangues* et les garçons partirent s'occuper de leurs champs. La tante de Sia lui dit :

– Allons marcher dans la brousse et autour de nos cultures. Si nous rencontrons un garçon qui veut lutter avec toi, comme c'est la coutume, accepte. Si celui-là te met le dos à terre comme à une épousée alors... tu devras l'épouser. Elles partirent et la tante chanta :

Sia vient pour rire
et elle rira
Quel est celui qui la terrassera ?

Laissant là leur houe, les garçons vinrent tour à tour pour la terrasser. Mais aucun ne réussit à vaincre la belle Sia. Elle était toujours ou trop longue pour leurs bras, ou trop ronde pour leurs mains.

Dans un champ, il y avait un garçon complètement beau, mais il cachait sa beauté sous une peau de lépreux. Quand on le voyait, il semblait lépreux de partout... des doigts de ses mains jusqu'aux doigts de ses pieds. Il venait juste de siester un peu quand Sia arriva près de lui avec sa tante. Il lui dit :

– *Lapya*, Sia. Tu sais, j'ai envie d'aller vers toi, comme un coq veut aller vers un grain de mil !

– Sia, pour l'avoir, il faut être plus fort qu'elle et réussir à l'allonger le dos par terre, répondit la tante. Si tu le peux, si tu le fais, elle sera ton épousée.

Le garçon amena Sia à l'ombre d'un rônier dont les touffes hirsutes et frisées murmuraient dans un souffle d'air. Sia et le garçon lépreux se prirent le corps comme ci et comme ça, et le garçon gagna. Il allongea Sia de tout son long dans la flaque d'ombre de l'arbre.

– Tu as gagné parce que mes vêtements m'ont gênée. Attends un peu et recommençons.

Elle enleva sa camisole et dénoua son pagne. Ils recommencèrent à lutter et le garçon une nouvelle fois allongea Sia sur le dos, sur le sol.

– Tu as gagné à cause de mes parures qui m'ont gênée. Attends un peu et recommençons encore.

Elle enleva ses bracelets de poignets et de chevilles ainsi que ses colliers de perles blanches et sa ceinture de perles rouges. Ils recommencèrent leur lutte et pour la troisième fois ce fut le garçon lépreux qui gagna. Sia pleura tellement que l'on aurait pu croire que les larmes coulaient non seulement de ses yeux, mais aussi de ses deux oreilles, de sa bouche, de son nez et de son cœur.

– Ce qui est fait est fait, et ce lépreux sera ton époux.

La tante s'en retourna seule vers la concession et, un peu plus tard, Sia revint au village accompagnée du garçon lépreux, son mari.

Le temps passa, mais aucune nuit Sia ne voulut dormir contre son mari. Chaque soir, elle mettait entre sa natte et celle de son mari quelques calebasses pleines d'eau. Ainsi séparée, elle pouvait dormir et rêver.

De même, quand elle préparait les repas, elle faisait pour elle et quelques voisines, avec de la farine bien blanche, une belle boule avec en son milieu un joli trou pour la sauce. Pour son mari, elle faisait cuire plus de son que de farine et elle le servait dans une calebasse ébréchée.

Le mari lépreux ne disait rien.

Le jour de la fête du village, le mari de Sia décida que son jour était venu. Il alla jusqu'à son grenier à mil, derrière sa case, et il se dévêtit de sa peau de lépreux. Il la cacha sous le grain. Ceci fait, il s'en alla vers un coin de brousse qu'il connaissait bien. Quand il y fut arrivé, il alluma un beau feu. Les flammes furent bientôt hautes et brûlantes ; alors, il lança dans son feu un caillou qu'il avait choisi et aussitôt son caillou se transforma en un beau cheval.

Ensuite, le mari de Sia s'approcha d'un arbre à néré, y grimpa et secoua les branches. Plusieurs gousses tombèrent et, en touchant le sol, elles se transformèrent en jeunes guerriers ayant sagaie à la main et peau de cabri sur les fesses.

Sia, qui avait quitté un instant la fête du village pour aller faire quelques pas dans la brousse, cogna son pied contre une souche.

– Aïe ! ouille ! Souche, pourquoi me blesses-tu ainsi le pied ? Attends un peu, je vais aller chercher une hache et je vais te couper.

– Ne fais pas cela et assieds-toi. Écoute bien, écoute-moi. Je suis une vieille souche, je n'ai pas acheté mon savoir, mais j'ai vécu longtemps.

Sia s'assit et écouta.

– Si tu regardes dans le grenier à mil de

ton mari, tu verras quelque chose qui te surprendra.

Sia tout de suite alla voir. Elle découvrit la peau de lépreux. Sans penser plus à bien qu'à mal, elle courut au milieu du village et jeta la peau dans le feu de la fête. C'est alors qu'elle reconnut son mari. Il dansait, plus beau que beau, au milieu d'un cercle de jeunes filles. Devant lui, ses guerriers gardaient son cheval. Elle le vit danser bras à bras, épaule à épaule, corps à corps avec les belles filles du village. De ses yeux grands ouverts d'étonnement, elle le regarda longtemps, puis, sans rien dire à personne, elle retourna à sa case piler du mil et préparer une farine bonne et blanche. À ce moment-là, le mari qui dansait toujours reçut sur le visage un peu de cendre. C'était la cendre de sa peau de lépreux qui avait brûlé. Il s'arrêta de danser. Il frappa dans ses mains pour appeler ses guerriers et son cheval.

– Partons, je connais cette cendre.

Il enfourcha son cheval et lança ses guerriers en l'air. Ils se retrouvèrent dans l'arbre à néré et redevinrent de belles gousses. Arrivé à sa case, il laissa son cheval aller, lui offrant la liberté de redevenir caillou. Il entra chez lui.

– Sia ma femme, j'ai bien chaud et bien soif.

Aussitôt, elle se précipita et lui servit une belle eau fraîche dans une superbe calebasse vernie et gravée.

– Tiens !? Tu me sers une belle eau dans une belle calebasse…

Il but et demanda encore :

– Est-ce qu'il y a quelque chose à manger ici ?

Sia lui présenta un bon gâteau de miel et la boule de mil dans la calebasse huilée.

– En vérité, Sia, ta beauté n'a pas changé, mais tu as de nouvelles manières à présent.

Une saison des pluies et une saison sèche passèrent.

Le mari de Sia, qui était le plus beau des beaux depuis qu'il s'était séparé de sa peau de lépreux, lui dit un jour :

– Je veux bien à présent accepter ce que tu me demandes depuis deux saisons ; je veux bien, puisque tu gardes tes nouvelles manières, être un vrai mari avec lequel tu dormiras chaque nuit pour avoir des enfants. Ainsi, on ne mettra jamais sur ta tête et tes épaules les pierres blanches réservées aux femmes dont le ventre ne grossit pas, mais...

– Mais...

– Il y a une condition. Tu devras aller d'abord en brousse chercher un jeune serpent que tu mettras dans la calebasse où tu me sers la boule de mil. À chacun ses épreuves !

Le lendemain, Sia partit en brousse après avoir préparé un gâteau sucré qu'elle emmena sur sa tête, dans un panier. Bientôt elle aperçut, sur une pierre plate, un beau serpent. Il guettait sans doute quelque petit rat de marigot qui s'était aventuré par là. De loin, elle lui lança un morceau de son gâteau. Le serpent le dégusta. Comme il semblait apprécier, elle lui lança le reste et... il avala tout avec plaisir. Peu après, il s'endormit sous la caresse du soleil.

Doucement Sia s'approcha. Elle glissa sa main sous la pierre plate et attrapa le serpent qui était un peu moins long et moins gros que son bras. Elle le mit, endormi, dans son panier et retourna vers sa case pour y arriver avant la nuit.

Le soir, elle glissa son serpent dans la calebasse de son mari. Quand la boule et la sauce furent prêtes, elle en recouvrit le serpent et, un peu après, son mari mangea.

Dès cette nuit-là, ils vécurent parfaitement unis. Bientôt, le ventre de Sia gonfla, comme pour imiter la rondeur du soleil ; bientôt, un bel enfant sortit de son ventre pour découvrir le ciel et la terre.

– Mon mari, tu m'as donné beaucoup de souffrances et de peur quand tu as voulu que je t'attrape un serpent pour ta calebasse. À toi de m'écouter...

– Mais...

– Prends ta sagaie et tue un buffle. Nous mangerons sa viande et notre enfant dormira sur sa peau bien séchée. Si tu le fais, nous mangerons mieux ensemble la boule des pleurs.

Le mari de Sia tua un buffle, et ce que Sia voulait fut fait. Elle dit et redit alors aux filles du village :

– Même si vous croyez que votre mari est laid... il ne faut jamais le mépriser.

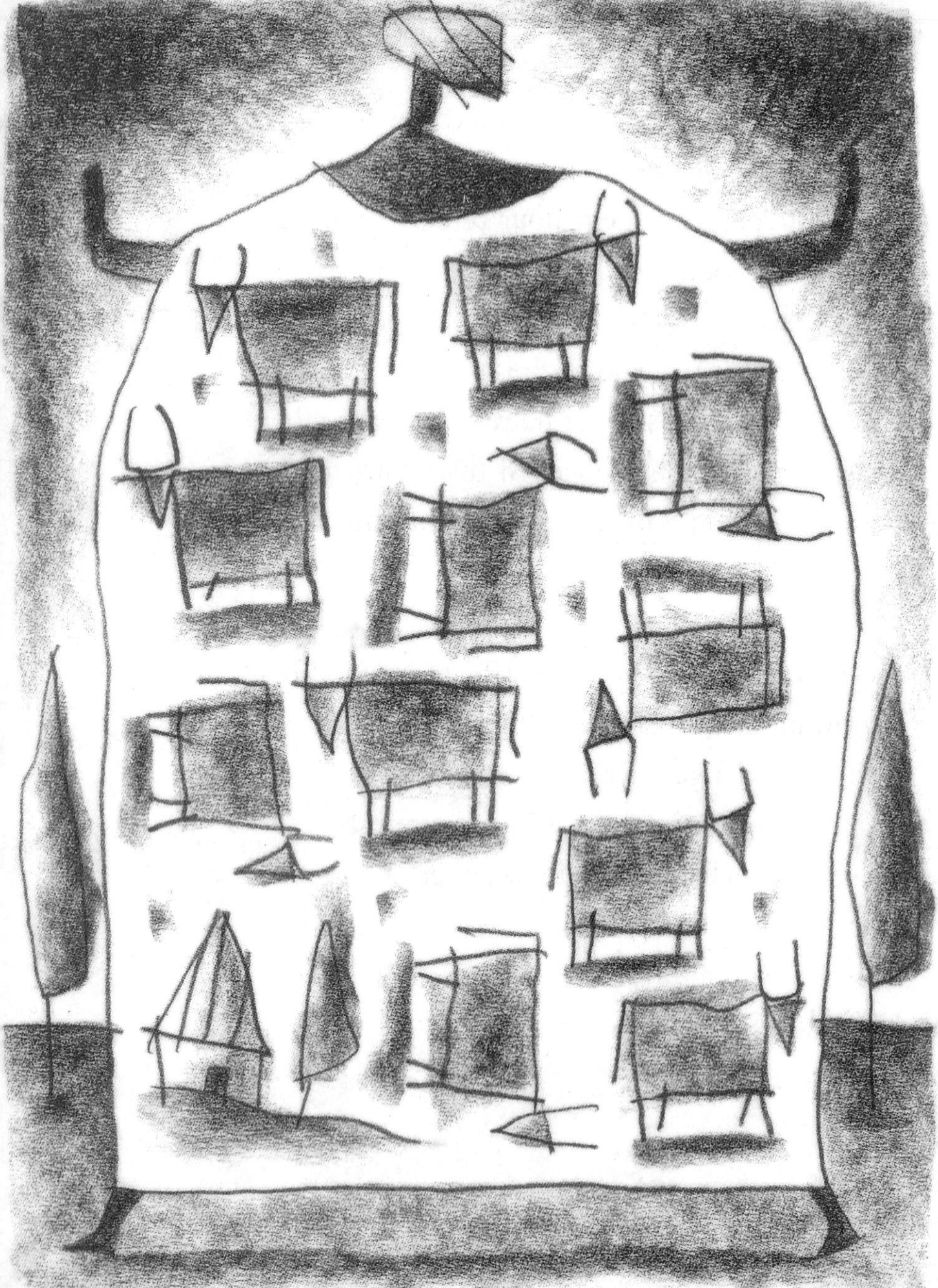

XIV
Les deux sœurs

Quand sont morts les chiens et les rats, il reste la vache, indispensable richesse, et le tambour, qui sait parler. Quelquefois, il reste aussi les éperviers et les grues couronnées.

Cette fois-là, à cet endroit-là, c'est un homme qui mourut. Sa femme, enterrée depuis longtemps déjà, l'avait laissé avec leurs deux filles. L'aînée s'était mariée avec un roi et était partie habiter plus loin, quelque part derrière la dernière colline sans doute.

Juste avant de mourir, le père avait dit à sa fille restée près de lui :

– Ma fille, cette fois c'est ma fin. Je te laisse un peu de bien : des vaches et des serviteurs et des servantes... et puis tu as une grande sœur. Ta servante sait où elle habite. Suis-la. Elle te conduira vers elle. Puisque c'est ma fin, prends tous tes biens et va rejoindre ta sœur.

Dès que son père fut enterré, la fille, obéissante, prépara son départ. Elle avala toutes ses vaches et ainsi les fit disparaître dans son ventre. Elle avala de même serviteurs, servantes, animaux et quelques autres choses encore. Elle ne garda près d'elle que sa servante. Elle lui dit :

– Il est temps de partir. Je vais te suivre, montre-moi le chemin pour aller chez ma sœur.

Elles marchèrent plusieurs jours sous le soleil et sous la pluie. Quand le soleil était trop fort ou la pluie trop violente, elles se protégeaient avec une grande feuille verte de bananier. Un matin, après s'être lavées l'une et l'autre dans l'eau d'une rivière, la servante se rendit compte qu'elles étaient presque arrivées. Elle demanda à sa maîtresse :

– Est-ce que pour une fois je peux mettre tes habits, pour être belle moi aussi ?

La fille laissa sa servante se revêtir de ses vêtements cousus dans une belle peau de léopard. Elles les échangèrent. Elles continuèrent à marcher, ouvrant les yeux pour tout voir. La fille aperçut, en observant un bel enclos, un dessin qu'elle connaissait bien, représentant trois vaches. C'était un dessin exactement comme en faisait son père. Elle dit tout haut :

– Mais nous y sommes, nous voilà où habite ma sœur !

– Non, ce n'est pas encore là, répondit la servante.

Quelques pas plus loin, elles arrivèrent à un croisement où se tenait un petit marché.

– À présent, donne-moi mes habits, dit la fille.

– Je te les rendrai là-bas, un peu plus loin...

– Donne-moi mes habits, je te dis !

La servante fit celle qui n'entendait pas et continua à marcher. La fille la suivit. Elles tournèrent en rond et retrouvèrent le bel enclos devant lequel elles étaient passées. Elles se glissèrent entre les piliers d'entrée et se trouvèrent devant le roi.

– Donne-moi mes habits, et reprends ta vilaine peau de chèvre !

– Arrête donc et ne me touche pas avec tes doigts sales, répondit la servante.

Ce fut ainsi, et la servante bien habillée passa pour la petite sœur de la femme du roi. La vraie petite sœur réclama encore ses habits, mais l'autre, la servante, ne voulut pas l'entendre. La servante avait si bien trompé son monde que c'est elle qui devint la sœur de la femme du roi. C'est à elle que l'on offrit le meilleur lait et de très bonnes nourritures.

La vraie petite sœur, elle, ne mangeait rien. « J'ai trop de chagrin, pensait-elle, pour avaler une seule de ces vieilles patates douces* que l'on me donne. » Elle restait là, assise dans l'enclos.

Quelques jours plus tard, la femme du roi s'adressa à celle qu'elle croyait être sa sœur :

– Je suis bien ennuyée, mon sorgho est levé, et je n'ai personne pour garder mon champ.

– Demande à ma petite servante qui ne veut pas manger d'aller garder ton champ.

Elle demanda et il en fut ainsi. Celle que l'on croyait être la servante partit au champ. Elle y arriva, triste comme une lune prisonnière des nuages. Elle s'assit, pleura, et se dit : « Je vais revoir les biens que mon père m'a donnés, cela me rappellera mon bonheur passé. »

Elle se mit à chanter :

*Que je donne
autour de moi
toutes les belles vaches de mon père
Que je redonne
toutes les barattes qui font
le beurre parfumé pour la peau*

Aussitôt les vaches qu'elle avait avalées sortirent de son ventre, plus les serviteurs et les servantes de son père et d'autres choses encore... Tout ce beau monde se mit à travailler. Les uns allèrent traire les vaches pendant que d'autres faisaient téter les plus jeunes veaux. Elle, après avoir baratté un peu de lait, se dévêtit de sa peau de chèvre. Après cela, elle s'enduisit le corps de son beurre parfumé.

C'est alors qu'une vieille arriva, près de ce champ de sorgho levé. Elle regarda et se mit à crier :

– Mais... mais, ces vaches et ces veaux vont détruire le sorgho ! Le sorgho de la femme du roi !

Celle qui passait pour la servante, entendant ces cris, eut peur d'être punie si le sorgho qu'elle avait à garder était piétiné. Avant même que la vieille n'arrive jusqu'à elle, elle remit tous ses biens dans son ventre. Elle avala... puis remit sa peau de chèvre.

– Mais oh ! oh ! où sont passés toutes les vaches et tous les veaux ? Ce qui était là s'en est allé !

Le soir même, la vieille alla voir le roi et lui raconta les événements étranges auxquels elle avait assisté. Elle ajouta :

– Et puis, cette fille pourrait bien être ta parente. Je l'ai vue quand elle se passait du beurre sur la peau et je peux te dire qu'elle a deux grains de beauté sur le ventre, exactement comme ta femme.

– Que veux-tu dire, la vieille ?

– Je veux dire ce que je dis. Celle qui chez toi est servante et celle qui est ta femme pourraient bien venir du même ventre.

Un peu plus tard, la sœur-servante arriva. Le roi demanda à sa femme que l'on serve pour elle bière et lait et hydromel. Le roi commanda aussi de la bonne nourriture et il lui en offrit.

Le lendemain matin, le roi se leva très tôt et seul il partit se cacher dans le champ de sorgho levé. Peu de temps après, la sœur-servante arriva. Comme la veille, elle s'assit, pleura et se dit : « Je vais voir les biens que mon père m'a donnés, cela me rappellera mon bonheur passé. »

Elle se mit à chanter :

Que je donne
autour de moi
toutes les belles vaches de mon père
Que je redonne
toutes les barattes qui font
le beurre parfumé pour la peau

Comme la veille, les vaches qu'elle avait avalées sortirent de son ventre, plus les serviteurs et les servantes de son père et d'autres choses encore… Elle baratta un peu de lait pour faire du beurre. Après cela, elle se dévêtit pour parfumer son corps. Le roi, qui bien caché la regardait, vit les deux grains de beauté sur son ventre, exactement comme ceux de sa femme.

Quand le roi fut rentré chez lui il se dit : « C'est certainement vrai, cette femme n'a pas chez moi la place qu'elle mérite. » Le soir, il offrit de nouveau boisson et nourriture à la sœur-servante. Il lui dit :

– Bois et mange bien, mais sache qu'à présent je ne veux plus que tu ailles là-bas garder le champ.

Le roi avait parlé. Elle resta donc dans l'enclos chaque jour, à manger, boire et se reposer.

La femme du roi ne comprenait vraiment rien à la situation. « Cette petite servante nous est moins utile que du bois sec pour la cuisine. Le roi mon mari a perdu le vrai sens des choses », pensait-elle. Après quelques jours, la sœur-servante, trouvant que le roi était aimable et bon, décida de lui donner les biens que son père lui avait laissés. Elle demanda au roi de faire venir les habitants sur la grande colline. Ils vinrent tous. Ils prirent place sur les sièges que l'on avait alignés là. Le roi, sa femme et celle qui disait être la sœur de sa femme étaient assis devant les autres.

La sœur-servante commença, s'adressant au roi :

– Tu es aimable avec moi, alors que ta femme qui est ma grande sœur ne m'a pas reconnue. Roi, laisse-moi t'offrir les biens que mon père m'a laissés et que j'ai apportés avec moi... ces biens qui étaient pour ma grande sœur.

Elle se mit à chanter :

Que je donne
autour de moi
toutes les belles vaches de mon père

*Que je redonne
toutes les barattes qui font
le beurre parfumé pour la peau*

Quand tous les biens de son père furent autour d'elle, devant les yeux du roi et des habitants, elle ajouta :

– Voilà, c'est maintenant à toi, puisque ma sœur n'a pas voulu de moi.

Le roi, calmement, proposa à la vraie servante qui était assise près de sa femme dans son bel habit cousu dans une peau de léopard :

– Si c'est bien toi la sœur de ma femme, montre-le. Montre-nous ce que ton père t'a laissé.

Aucun mot ne sortit de la bouche de la vraie servante, ni aucune vache, ni aucun serviteur. Le roi continua :

– Ainsi tu nous as trompés. C'était toi la servante. À présent tu vas avoir ce que tu mérites, et ma femme qui n'a pas su reconnaître sa petite sœur aura elle aussi ce qu'elle mérite.

Les habitants alors se levèrent de leurs sièges et, avec leurs machettes, ils découpèrent la servante en petits morceaux. Ils allaient faire subir le même sort à la femme du roi, quand sa petite sœur intervint. Elles étaient venues du même ventre dans ce monde, et cela comptait.

– Non, il ne faut pas la tuer ! Le mal qu'elle m'a fait en ne sachant pas me reconnaître, je le lui rendrai, ce sera assez.

À ce moment-là, le roi prit la parole :

– Toi qui as gardé le champ de sorgho levé, toi qui es venue jusqu'à nous pour offrir les biens que t'a laissés ton père, je te prends pour femme. Et comme tu as donné ce que tu cachais dans ton ventre, nous pouvons à présent avoir ensemble un enfant. Celle qui était ma femme sera notre servante.

Il en fut ainsi.

La lune de kaboza* passa, et ce fut la fin de la petite saison des pluies. La lune de mutarama* passa à son tour, et la petite saison sèche se termina. Alors, la nouvelle femme du roi un soir dit :

– À présent, c'est assez, ma sœur doit finir de faire la servante, puisque c'est moi qui suis maintenant ta femme, marie ma grande sœur avec ton frère.

Le roi fit selon la volonté de sa femme.

Voilà. Que ce ne soit pas ma fin, que ce soit la fin de mon conte.

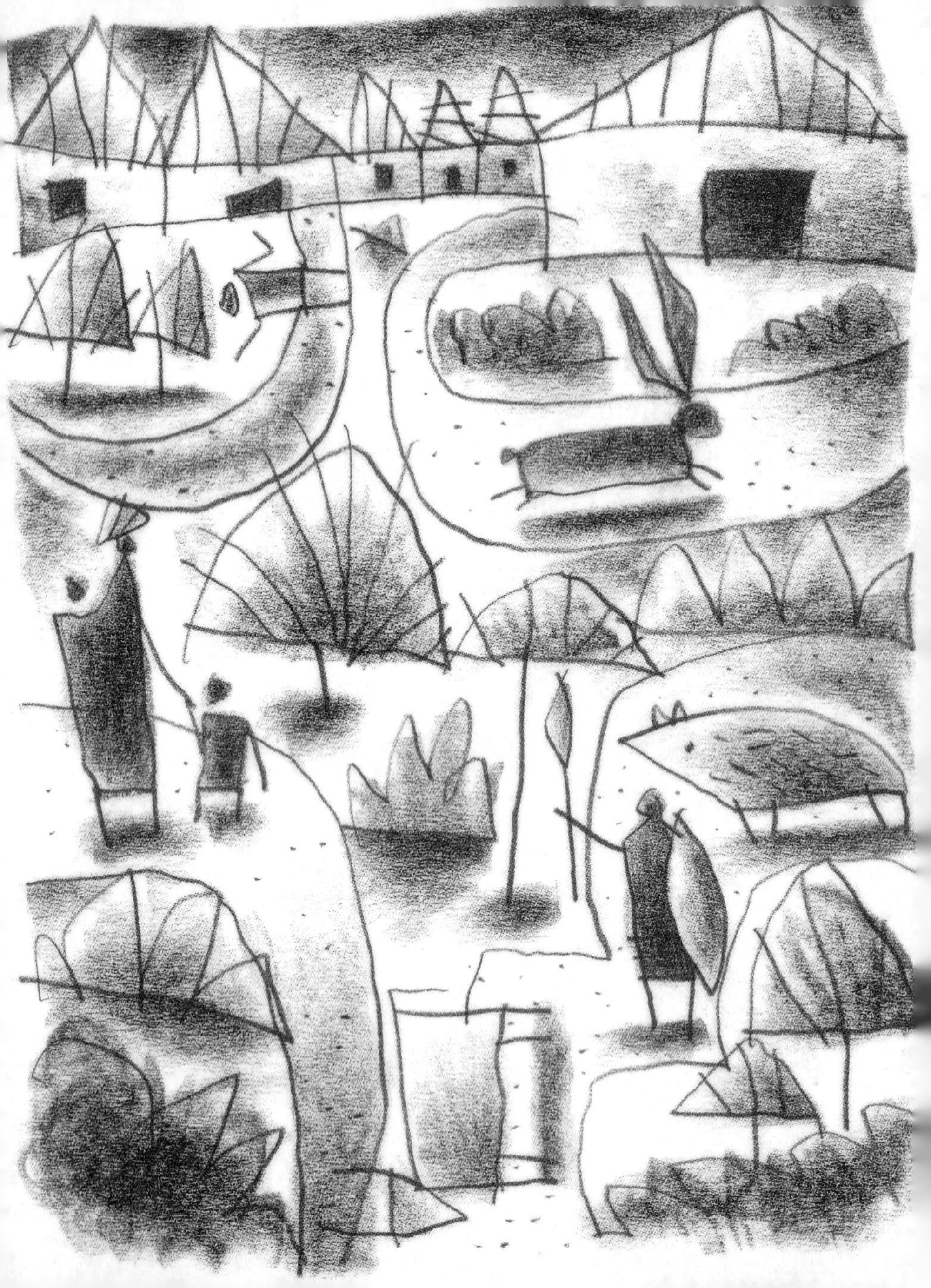

XV
La Hyène
qui voulait un époux

C'était du côté de la première ou de la neuf cent quatre-vingt-dix-neuvième colline ou peut-être du côté du lac Kiwu. Il y avait une hyène qui bien sûr avait l'arrière-train qui descendait vers le sol. Cette hyène était célibataire. Comme tous les animaux de la brousse, elle désirait se marier. Elle en parla autour d'elle à plusieurs de ses amis. Elle en parla à l'ibis blanc si beau si blanc, elle en parla au guépard qui court plus vite que l'éclair, elle en parla même à une sauterelle qui sautait par là. Cette dernière en informa Bakame le lièvre, un jour qu'il lui apportait du beurre parfumé pour graisser ses pattes de sauteuse. Bakame, après avoir écouté, se gratta les oreilles et partit en souriant dans sa moustache. Il rencontra Hyène qui tournait en rond dans l'ombre d'un arbre.

– Dis-moi, Hyène, on raconte que tu veux être demandée en mariage. Est-ce bien vrai ?

– C'est vrai, je veux me marier, et avec un beau jeune homme si cela est possible.

– Tu as de la chance, Hyène, parce que je connais un beau jeune homme qui est roi de nombreux pays...

– Oui...

– Ce jeune roi t'a déjà vue, l'autre jour, alors qu'il allait admirer ses champs de coton.

– Oui...

– Et, après t'avoir vue, il est tombé amoureux de toi !

– De moi ?

– C'est cela même, de toi. Il m'a chargé d'une commission.

– Oui...

– Il désire se marier avec toi.

– Et où est-il ce roi-là ?

– Hyène, tu n'as qu'à me suivre, je te mènerai jusqu'à lui.

Ils partirent. Le chemin était long pour arriver chez ce roi qui, paraît-il, voulait marier Hyène. Au milieu de l'après-midi, alors qu'ils mangeaient un peu de leurs provisions, Bakame confia à Hyène :

– Quand nous serons chez le roi, fais bien attention. Dans son royaume, les fiancées doivent rester modestes, timides, et elles ne doivent parler que si on les interroge. Pour que le roi t'épouse sûrement, il faut que tu sois exactement comme les filles de chez lui. Mais déjà, tu es presque de la famille du roi, toi qui arrives pour être épousée, tandis que moi je ne serai qu'un visiteur.

Quelques heures plus tard, ils arrivèrent à destination. Ils saluèrent et Bakame fit comme s'ils étaient là par hasard et demanda l'hospitalité.

– Bonsoir.

On lui répondit :

– Que les voyageurs qui nous saluent ainsi entrent.

Ils entrèrent chez le roi et se mirent à l'aise dans une grande pièce où passaient de nombreux visiteurs. Le roi aussi vint à passer par là, et il regarda Hyène. Elle fit sa timide et baissa la tête.

– C'est bien lui qui veut m'épouser ? chuchota-t-elle.

– C'est bien lui, répondit Bakame.

Le roi savait recevoir les étrangers de passage. Il leur fit porter de la bonne nourriture.

Deux servantes se présentèrent avec plusieurs plats riches de viandes et de sauces, plus des coupes contenant des courges, de l'igname, des patates douces et des haricots. Elles posèrent le tout au sol et dirent ensemble :

– Voici le repas que nous préparons toujours pour nos visiteurs.

Bakame aussitôt s'adressa à Hyène et lui dit :

– C'est moi qui suis le visiteur. Je vais manger, cela m'a l'air bien bon, mais c'est certainement peu de chose comparé à ce que toi tu dégusteras avec ton mari quand je serai parti.

Bakame dévora avec plus d'appétit qu'un lion qui aurait été privé de viande une saison entière. Hyène pour bien se conduire ne bougeait pas, ne disait rien et gardait la tête baissée. Elle attendait. Un peu plus tard, une servante arriva et dit :

– Voici l'eau pour se rafraîchir et se laver.

Bakame se rafraîchit et se lava. La servante revint en poussant un grand lit devant elle. Elle dit :

– Voici le lit que l'on offre toujours aux visiteurs.

Bakame, qui avait si bien mangé et bu, s'allongea seul dans le grand lit. Hyène, qui avait de plus en plus faim, regardait les plats vides laissés par Bakame. Elle avait très envie de les lécher !

Avant de s'endormir, Bakame attrapa deux lucioles bien lumineuses et les posa sur ses yeux en se disant : « Si Hyène veut lécher mes plats ou me jouer un vilain tour, elle me croira éveillé et elle n'osera pas bouger. »

Ce fut ainsi. Hyène crut toute la nuit que Bakame la regardait. Elle resta sans bouger, tête baissée.

Quand arriva le matin, Hyène était affamée et épuisée. Elle n'avait rien bu ni rien mangé depuis la veille, sans parler du long chemin qu'elle avait parcouru pour arriver jusqu'à son roi. Bakame, lui, se réveilla plein de force. Il posa ses pattes à terre juste au moment où les servantes arrivaient. Elles dirent ensemble :

– Voici, avant de prendre congé, le repas du matin.

Bakame mangea avec appétit, devant Hyène qui tête baissée n'avait plus la force de penser.

Les deux servantes revinrent et dirent, comme le veut la coutume :

– Nous allons raccompagner ceux qui sont venus nous voir et faire quelques pas avec eux.

Bakame se mit debout et invita Hyène à le suivre. Il l'aida à faire les premiers pas. Au moment où ils allaient sortir du bel enclos du roi, on leur offrit une vache.

Quand ils eurent contourné la première colline, Hyène s'adressa à Bakame :

– Tu m'as trompée ! Tu n'as rien fait pour moi, tu t'es moqué !

– Mais non, Hyène, je ne t'ai pas trompée. Te voyant de si près, le roi t'aura trouvé un défaut, c'est sûr. Peu importe, regarde, nous avons hérité d'une belle vache.

– Bakame, menteur, je vais te tuer et garder la vache pour moi !

– Je ne suis pas menteur et tu ne vas pas me tuer, répondit tranquillement Bakame.

Après avoir gratté ses longues oreilles, il ajouta :

– Nous allons appeler les devins* des collines, eux qui savent toutes les vérités, et leur demander si cette vache est bien à nous. Nous la mangerons tous les deux si elle est à nous deux.

Hyène accepta la proposition. Bakame ouvrit la bouche et se mit à crier très fort vers le haut des collines :

– Cette vache est-elle à nous deux ? Est-ce bien oui oui oui ?

Les collines l'une après l'autre répondirent en écho :

– Oui... oui... oui...

Hyène accepta la réponse des devins. Ils continuèrent le chemin vers chez eux. Quand ils arrivèrent, Bakame s'adressa à Hyène :

– Toi qui sais cultiver, tu devrais faire pousser un peu de sorgho, nous en ferions une bonne pâte pour manger avec la viande de notre vache.

Hyène accepta.

Bakame, qui avait toujours une ruse en réserve, partit avec la vache, la tua et en mangea un peu. Il prit soin des morceaux bien viandés qui restaient. Il y en avait assez pour qu'il s'empiffre pendant des jours et des nuits. Il prit soin aussi de détacher la tête de la vache – la tête et les cornes – du reste de la viande. Ensuite, il découpa presque entièrement la peau et la chair qui retenaient les cornes.

Et puis, un jour ce fut le grand jour. La pâte de sorgho était prête à être cuisinée. Hyène arriva. Elle trouva Bakame catastrophé.

– Hyène, écoute. Je marchais avec notre vache, là-bas, près du marais et elle s'est embourbée. Il y a un instant de cela. Toi qui as beaucoup de force, tu peux, je crois, la tirer de là, la sauver.

Hyène suivit Bakame jusqu'au marais. Elle se pencha et saisit les cornes de la vache qui dépassaient de la boue. Bakame lui cria :

– Prends garde de ne pas tirer trop fort ! Attention, si tu es brusque tu perdras tout et il te restera seulement les cornes !

– Je peux bien tirer de toutes mes forces, je ne suis pas plus forte que les cornes d'une vache !

Elle tira et tira et... les deux cornes lui restèrent dans les mains.

Voyant cela, Bakame hurla vers les collines :

– Elle a laissé notre vache mourir ! Elle a laissé notre vache mourir !

Les collines l'une après l'autre répondirent en écho :

– Rire... rire...

Bakame parla haut à Hyène :

– Je m'en vais poser ces cornes en lieu sûr.

Toi, essaie de nous attraper au moins la tête de notre vache qui n'est pas loin sous la boue. Si tu réussis, nous aurons un peu à manger.

Hyène, pour se faire pardonner, pataugea dans la boue et creusa et creusa. Le trou devint profond, si profond que la boue s'effondra sur elle.

Bakame avait tout vu. Il se mit à rire.

Il revint chez lui en se disant : « Je vais manger encore pendant longtemps de la bonne viande avec à présent de la pâte de sorgho. »

Bakame continua ainsi. Il accomplit d'autres vilenies et plus tard, c'est un fait, il devint riche.

Voilà. Que ce ne soit pas ma fin mais seulement celle de Hyène et celle du conte.

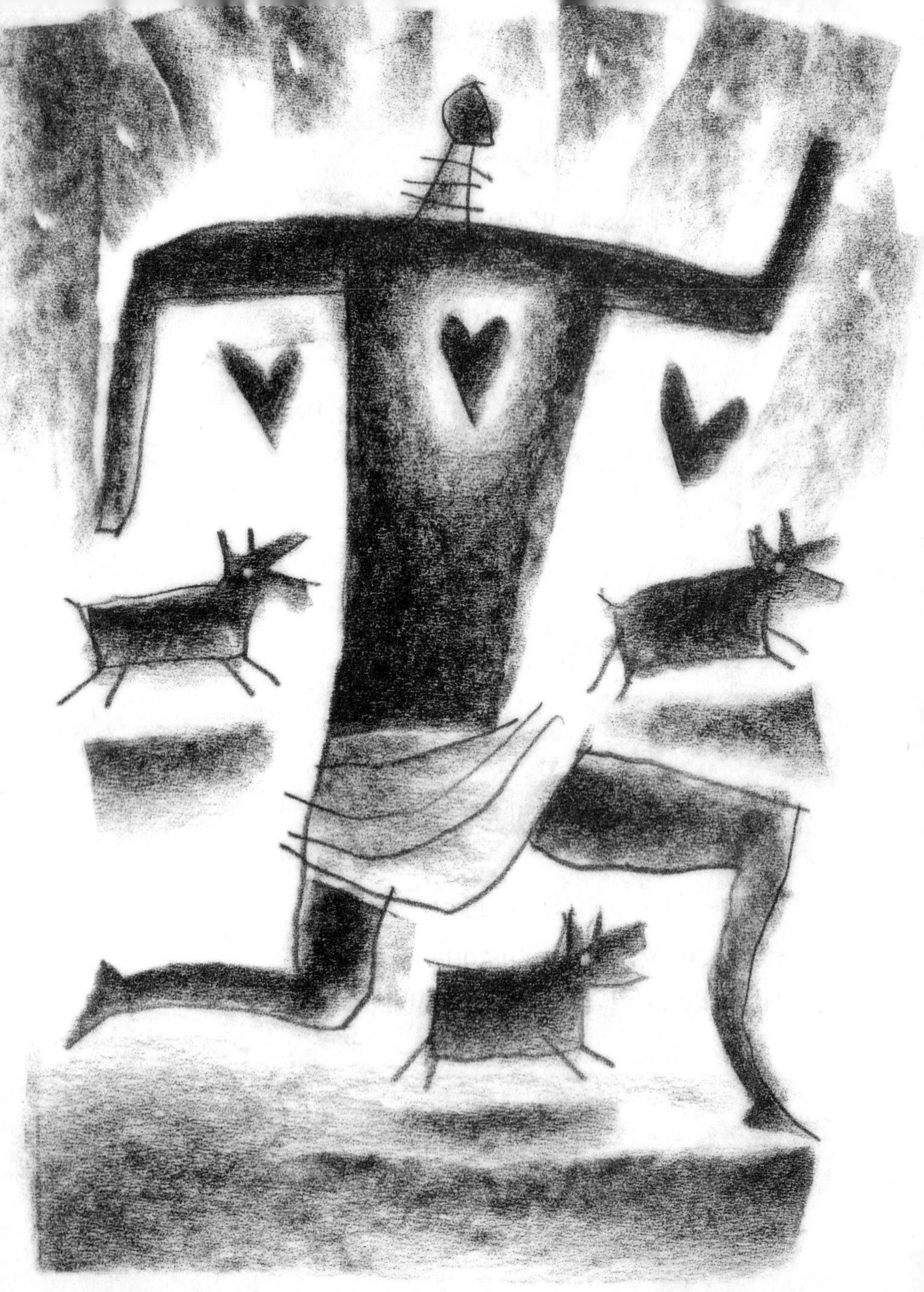

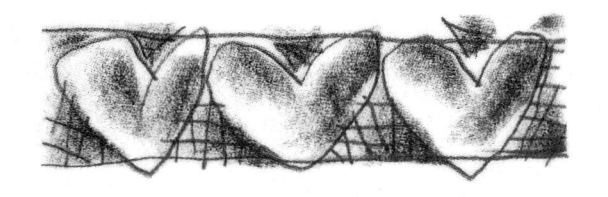

XVI
LE CHASSEUR PLUS FORT QUE LE LION QUI AVALE L'ORAGE

IL ARRIVE quelquefois que la terre comme les vaches aient des mamelles. Ces mamelles-là sont des collines ! Il arrive aussi que meurent les chiens et les rats, mais quand cela est, il reste la vache et le tambour, il reste la colline et, sur la colline, la hutte dans son enclos.

C'est là, sur la rondeur de la colline, dans sa hutte, qu'habitait Kabwa, un chasseur. Il avait tant de jambes quand il courait qu'il dépassait la pluie et le vent. Aucun animal connu n'allait plus vite que lui, pas même un lion qui aurait avalé l'orage.

Kabwa était un chasseur qui chassait toutes sortes de bêtes sauvages : des éléphants, des hyènes, des buffles, des antilopes, et d'autres encore...

Un soir, alors qu'il parlait, assis à l'ombre de sa hutte, un vieux qui n'avait plus qu'une seule dent pour habiter sa bouche lui demanda :

– Kabwa, toi qui cours, dit-on, plus vite qu'un guépard, est-ce que tu gagnerais une course contre les monstres à gueules béantes, ceux qui ont des ailes ?

– Je suis Kabwa, et pas une seule parole du vent ne rattrape mes oreilles si je ne le veux ; pas une seule goutte de pluie ne mouille mon nez ou mon dos si je ne le veux. Aucun des monstres à trois gueules et à deux ailes ne pourrait me vaincre. Je suis bon chasseur et bon coureur. Je peux si je veux vaincre une de ces méchantes bêtes et courir plus vite que ses frères et sœurs, même s'ils ont du feu dans le corps.

– Kabwa, reprit le vieux, si tu m'offres une aile d'un de ces monstres à trois gueules béantes, je te ferai devant tous ceux du village un grand cadeau.

– Alors, tu me feras un grand cadeau…

Le lendemain, Kabwa prit ses chiens avec lui et il partit dans la direction où il savait trouver les monstres, à l'est, du côté où, chaque soir, la nuit commence à manger le jour. Il partit, sans demander aux devins de consulter les poussins ou les jetons ou les sauterelles, sur les tombes royales.

Prudent, il avançait en se dissimulant, prenant bien soin de faire taire ses chiens. Il arriva devant la cachette des monstres, à peine avant que le soleil ne ferme les yeux des collines. Il observa. Il écouta. Il s'aperçut qu'aucun monstre n'était là. Hop ! il passa par-dessus la clôture de leur enclos et il rencontra la petite vieille des monstres : leur mère.

– Qui es-tu, toi qui oses venir ici où personne n'est jamais venu ? questionna-t-elle.

– Je ne suis qu'un chasseur égaré. Je suis là pour loger une nuit parce qu'autrement je ne sais pas où je pourrais dormir.

Il était seul. Il avait caché ses chiens dans la forêt. La petite vieille des monstres lui dit :

– Passe la nuit chez moi. Tu ne mérites pas de risquer la mort sous les arbres, alors que tu as osé venir ici dans mon enclos qui d'habitude inspire mille peurs aux êtres vivants.

Kabwa s'installa sur une peau de chèvre, dans un recoin, pour dormir et se faire oublier.

Tard dans la nuit, les monstres rentrèrent chez eux. Ils étaient neuf ou dix... Ils mangèrent et, après, ils s'endormirent. Kabwa, qui n'avait fermé qu'un œil, attendit un peu. Quand il fut certain que tous les monstres dormaient profondément, il coupa une des ailes de celui qui était le plus près de la porte. Aussitôt il s'enfuit. Le monstre mutilé s'était mis à crier si fort que le sol trembla de peur. Au même moment, ses frères et sœurs partirent à la poursuite de Kabwa. Dans la nuit, leurs gueules béantes bavaient, leurs ailes battaient l'air et leurs pattes tambourinaient la peau de la terre. Leurs corps de feu donnaient l'impression que c'était la foudre elle-même qui poursuivait Kabwa.

Kabwa avait un peu d'avance, et il courait assez vite pour ne pas être rattrapé. Il retrouva ses chiens qui se mirent à courir près de lui, prêts à le défendre. Derrière eux, les gueules béantes et les corps de feu des monstres se rapprochaient. Heureusement, Kabwa et ses chiens arrivèrent à un fleuve qu'ils traversèrent sans crainte de se mouiller. Les monstres s'arrêtèrent. Le fleuve était leur ennemi. Il pouvait éteindre le feu de leur corps et les faire mourir. Ils crièrent d'une rive à l'autre pour que Kabwa les entende bien :

– Kabwa, ce n'est pas fini ! Tu verras sur la piste un beau bâton. Tu le prendras et peu après il se changera en monstre à deux ailes et te dévorera.

– Ce bâton-là ne me dévorera pas. Je le couperai, je le casserai, je le brûlerai...

– Kabwa, ce n'est pas fini ! Tu trouveras une belle vache qui sera perdue. Tu la garderas pour son bon lait. Elle se changera en monstre au cœur du feu et elle t'avalera !

– Je saurai deviner la vraie nature de cette vache-là et je la tuerai, elle et son lait.

– Kabwa, ce n'est pas fini ! Tu rencontreras bientôt une jolie jeune fille que tu inviteras chez toi. Elle se changera en monstre à trois gueules et te mangera !

Sans écouter un mot de plus, Kabwa repartit du bon pied, courant si vite qu'il arriva à son enclos avant ses chiens. Au matin, il remit l'aile coupée du monstre au vieux qui n'avait toujours qu'une seule dent. Il reçut en échange de la bière, de la bière et de la bière, plus la promesse d'avoir encore de la bière et de la bière et de la bière !

Chaque jour, Kabwa respirait pour vivre et mangeait à sa faim un peu de viande de chasse avec des haricots ou des patates douces ou des ignames ou des courges. Un matin, il trouva au bord d'une forêt une canne de chef. Il la prit et continua son chemin. Le plus vieux de ses chiens qui était avec lui, l'avertit :

– Kabwa, ce n'est pas une canne de chef que tu as ramassée, c'est un bâton.

– Non, c'est une canne de chef. Tu es devenu vraiment vieux si tu ne sais pas voir cela !

– Kabwa, cette canne de chef, c'est un bâton ! C'est un bâton et c'est peut-être bien le bâton que les monstres à gueules béantes t'ont promis.

Kabwa écouta son vieux chien et laissa la canne de chef.

Quelques jours plus tard, alors que bien caché il guettait le passage d'un éléphant ou d'un lion, il vit apparaître une belle vache dont les grosses mamelles débordaient de lait... plus que le lac Kiwu ne déborde d'eau après un orage de la saison des pluies.

– Inutile d'attendre plus longtemps un éléphant ou un lion, dit-il à son vieux chien, cette vache perdue fera l'affaire aujourd'hui.

– Mais si cette vache est un monstre au cœur de feu ?

– Je ne crois pas. J'ai deux bons yeux pour voir qu'elle est une bonne vache.

Il ramena la vache dans son enclos. Quand il arriva, sa mère l'interrogea :

– Kabwa, mon fils, d'où te vient cette vache-là ?

– Je l'ai trouvée là où j'attendais le lion ou l'éléphant.

– Kabwa, mon fils, laisse cette vache. Je ne veux pas d'une mauvaise tâche au milieu de mon troupeau. Celle-là est peut-être une bête à gueules béantes qui trompe son monde en faisant la belle.

Kabwa écouta sa mère. Il appela ses chiens qui firent partir au loin la vache... tout autant sa tête que sa queue que ses mamelles bien pleines.

Le temps passa, pour les serpents cracheurs à œil rouge, pour les crocodiles et pour les pique-bœufs*. Il passa aussi pour Kabwa qui était toujours chasseur d'animaux sauvages.

Un jour, il tua un impala. Heureux, il revint vers son enclos avec la bonne viande. Tous ses chiens frétillaient de la queue devant et derrière lui. Au bas d'une colline, il rencontra une belle fille. Il la contempla. Elle était vraiment belle des dix orteils de ses pieds jusqu'à la huppe de ses cheveux. Sans plus réfléchir, Kabwa se mit à l'aimer. Il la salua et lui demanda :

– Où est-ce que tu vas, toi que je ne connais pas ?

– Comme toutes les jeunes filles, je cherche un mari, bien sûr ! Je cherche le lait, et après je donnerai le lait, lui répondit-elle.

Le soir même, cette belle fille était devenue son épouse, chez lui, dans son enclos sur la colline, et elle partageait sa viande.

– Kabwa, mon fils, d'où tiens-tu cette épouse ? lui demanda sa mère.

– Je l'ai rencontrée en rentrant de la chasse. Elle cherchait le lait et moi je lui donnerai le lait...

– Kabwa, mon fils, cette épouse est certainement la femme que les bêtes à gueules béantes t'ont promise.

– Elle ?

– Oui, elle.

Kabwa se mit à rire et répondit à sa mère :

– Si celle-là est un monstre à gueules béantes, alors moi, je suis un lion qui a avalé l'orage ! Non, ma femme n'est pas un monstre. C'est une fille de qualité. Elle sait baratter le lait, tresser des paniers et laver le linge. C'est ma femme et je la garde avec moi dans ma hutte.

– Kabwa, mon fils, celui qui se moque des nuages est un jour ou l'autre mouillé par la pluie.

Kabwa garda sa femme, mais il avait quand même entendu sa mère d'une oreille. Aussi, ses chiens étaient toujours près de lui le jour, et la nuit ; quand il montait dans son lit, ses chiens restaient là. Ils écoutaient jusqu'au matin la respiration de leur maître et de sa femme.

Le temps passa. La lune de Mutarama succéda à la lune de Werurwe* et la lune de Kaboza arriva à son tour. Ce fut la fin de la petite saison des pluies. Un matin, la femme de Kabwa, qui comme les autres femmes portait la couronne en tiges de sorgho*, lui apprit qu'elle avait un enfant qui bougeait dans son ventre. Il en fut heureux. Elle lui dit :

– Kabwa, pour que notre enfant grandisse bien, quand il sera venu respirer l'air des collines, il faut que je frotte la peau de mon ventre avec la feuille la plus neuve de la forêt.

– Quelle feuille ?

– Celle qui vient de naître en haut de la plus haute branche du plus haut des arbres. Je veux cette feuille. Viendras-tu la chercher avec moi ?

– J'irai avec toi.

Ils s'apprêtaient à partir dans la forêt lorsque la mère de Kabwa arriva.

– Kabwa, mon fils, je n'aime pas que ta femme t'emmène au milieu de la forêt. Peut-être que ce n'est pas une vraie femme et que là-bas elle va redevenir un monstre avec deux ailes, un monstre à gueules béantes, avec du feu dans le corps.

– Ma mère, celle-là est ma femme et dans son ventre nous avons fait mûrir de la vie aussi bien que dans la terre mûrit la semence de sorgho. C'est ma femme et pas un monstre. Je vais avec elle dans la forêt et je te laisse mes chiens.

Après avoir parlé ainsi, Kabwa partit avec sa femme. Bientôt ils arrivèrent dans une forêt plus grande que grande, avec des arbres plus géants que géants. Kabwa grimpa branche après branche vers la cime du maître des arbres. Arrivé en haut du haut, alors qu'il avait la tête au milieu du ciel, il se pencha pour demander à sa femme quelle feuille de quelle branche elle voulait. Alors, lui qui n'avait pas voulu croire sa mère, fut obligé de croire ses yeux : sa femme se transformait en monstre. Elle avait déjà trois grandes gueules béantes, quatre pattes et des ailes poussaient sur son corps de feu ! Plusieurs monstres arrivaient de tous côtés. Ils avaient attendu, cachés derrière les troncs d'arbres.

Kabwa cria à sa femme-monstre :

– Je cueille quand même la plus jeune des feuilles et je l'offre au ventre du ciel.

Il arracha une feuille bien tendre et la lança dans le vent. Les monstres, au pied de l'arbre, commencèrent à couper le tronc avec leurs haches. La petite feuille s'envola. Elle atterrit bien après la forêt, dans l'enclos de Kabwa. Ses chiens reniflèrent la feuille et se mirent à hurler. La mère de Kabwa les détacha. Aussitôt ils sortirent de l'enclos en courant comme des fous. Ils foncèrent droit au cœur de la forêt. Quand ils arrivèrent au pied du plus vieux des arbres, celui qui avait le plus gros tronc, il était temps ! Les monstres l'avaient presque abattu et Kabwa gigotait de peur, sachant qu'il allait être dévoré.

À l'arrivée des chiens, les monstres s'enfuirent et Kabwa put remettre ses deux pieds sur terre sans aucune crainte. Il marcha droit en direction de son enclos. Ses chiens l'entouraient. Ils lui dirent :

– Kabwa, que vas-tu nous donner, pour nous récompenser de t'avoir sauvé ?

– Mais je n'ai rien à vous donner. Depuis toujours je vous ai nourris pour vous faire grandir. Vous m'avez sauvé, c'est bien, mais pour cela, je ne vous dois rien.

– Tu te trompes, tu nous réponds mal, Kabwa, répliquèrent les chiens.

– Je ne me trompe pas et je n'ai plus rien à vous dire.

Entendant la réponse, ses chiens lui sautèrent à la gorge et le dévorèrent. Ils mangèrent, oui, tout son corps. Le plus vieux d'entre eux, qui marchait en arrière, ramassa son cœur. Avant le soir, les chiens revinrent dans l'enclos et la mère de Kabwa leur servit à manger. Elle leur demanda :

– Avez-vous trouvé mon fils ?

– Nous ne l'avons pas trouvé. Quand nous sommes arrivés au milieu de la forêt, les monstres à gueules béantes l'avaient dévoré.

– Si mon fils est mort, il n'y a plus de chasseur ici et je n'ai plus besoin de vous. Je ne vous donnerai plus à manger, déclara la mère de Kabwa.

Les chiens maigrirent de jour en jour. Ils perdirent leur peu de graisse et la peau qui les enveloppait devint plus fine qu'une feuille de bananier.

— Il faut que revienne Kabwa, se dirent-ils, sinon dans peu de jours nous serons morts à tout jamais.

Les chiens partirent dans la forêt. Là, celui qui avait mangé la jambe de Kabwa la rendit. Celui qui avait mangé ses oreilles les rendit. Celui qui avait mangé ses mains les rendit. Les chiens rendirent tout Kabwa, mais il manquait le cœur !

Le plus vieux des chiens arriva enfin. Il rendit le cœur et déclara :

— Je vous rends le cœur de Kabwa pour qu'il revienne. Puisque je vous le rends, n'oubliez jamais de respecter mon grand âge. Sans moi, Kabwa ne revivrait pas. Traitez-moi aussi bien que Kabwa vous traitait bien.

Kabwa se mit debout au milieu des chiens.

— Tu es bien Kabwa ?

– C'est moi.

– Tu sais courir comme avant ?

– Peut-être même plus vite qu'avant. Je suis Kabwa et je suis plus fort et plus rapide que le guépard et même qu'un lion qui aurait avalé l'orage.

– Alors nous sommes tes chiens comme avant.

Ils firent tout de suite une grande chasse. Ils mangèrent et burent. Kabwa leur promit :

– Un jour, nous chasserons les monstres à gueules béantes et peut-être que nous les mangerons.

Que ce ne soit pas ma fin, mais seulement celle des monstres à gueules béantes et celle de mon conte.

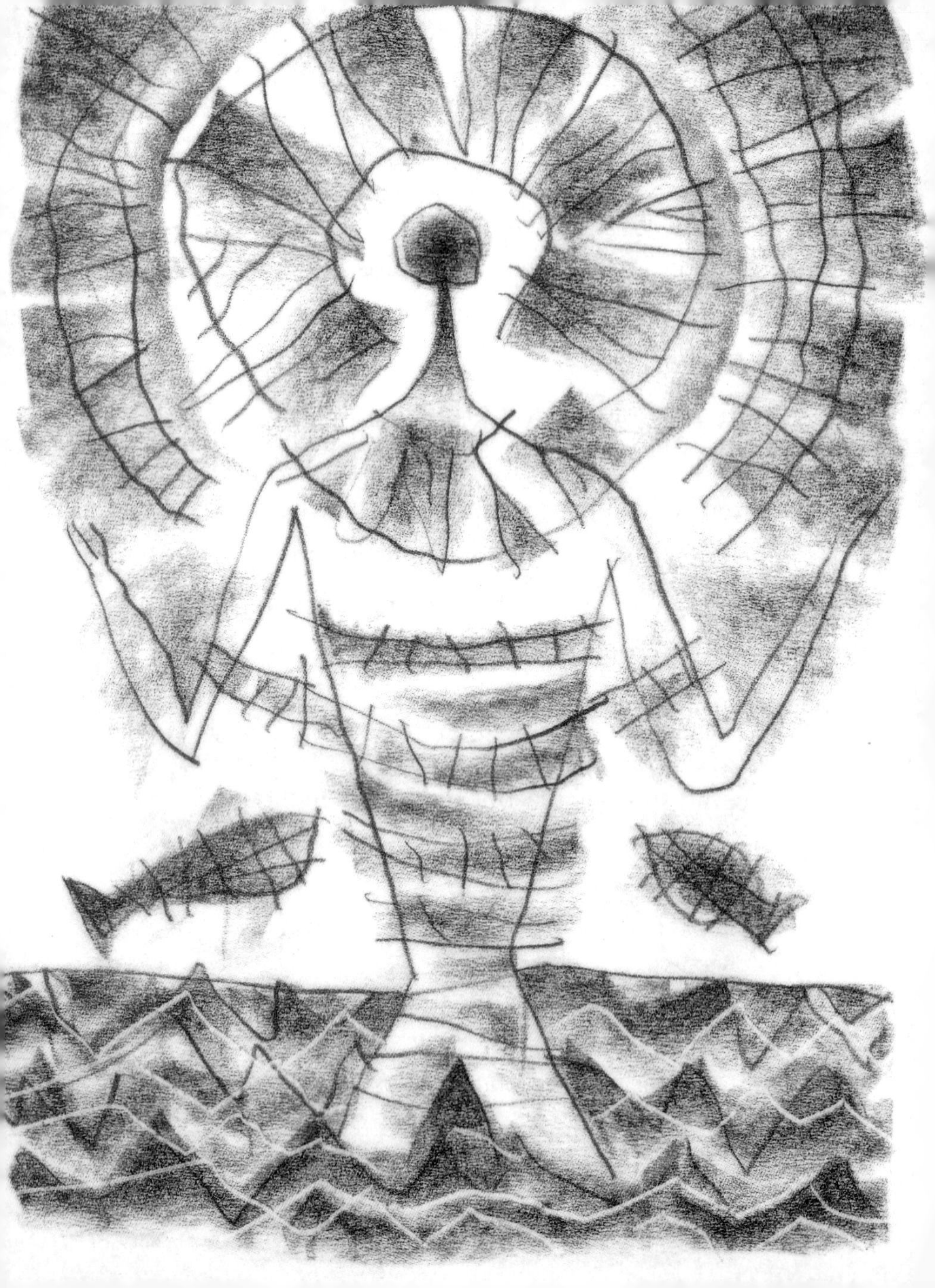

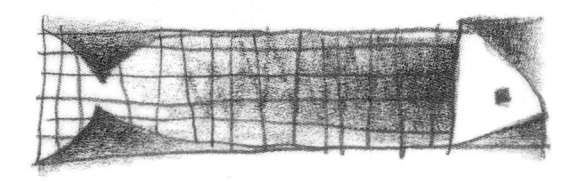

XVII
BOUTI DE DJIBOUTI

Sheekoy sheeko
Sheeka xariir

Voici un conte, voici un conte !
Un conte doux comme la soie !

Awwal awwaalaay

Jadis, il y a très longtemps…

C'était à peine l'aube d'un jour, un jour au milieu des autres jours.

Le soleil revenait de son dernier voyage de l'autre côté de la terre. Il était aussi fatigué qu'un vieux vautour ayant surveillé tout un vendredi les montagnes d'Arta.

Il se posa dans son petit village de Kalaf. Avant de rentrer se reposer dans sa toukoul*, il cassa un œuf, le fit tourner autour de sa tête et le jeta à droite de la porte. Il fit cela une deuxième fois, sauf qu'il jeta son œuf cassé du côté gauche. Après cette cérémonie, il entra chez lui et s'allongea pour dormir une heure, sur son lit. Quand il se réveilla un peu plus tard, il avait la tête aussi lourde qu'une de ces pierres noires crachées il y a cent mille ans par les volcans. La petit Sabah lui apporta une bonne tasse de thé bien sucré. Il appuya la tasse sur sa tempe et avant de boire respira les bonnes senteurs de girofle, de cardamome, de cannelle et de gingembre qui exhalaient. Il avala son thé. Après cela, il décida qu'il était grand temps d'aller sans plus tarder bien éclairer et chauffer le monde une fois de plus, en commençant par Djibouti qui est à l'est de l'est de l'Afrique.

Il étira ses rayons et voulut prendre son élan vers le haut du ciel. Mais, soit qu'il s'était trop peu reposé, soit qu'il aurait dû manger un bon beignet de farine fermenté pour se donner des forces, il constata qu'il était bien moins élastique qu'une de ces bonnes galettes que l'on déchire pour mieux manger le poisson avec la sauce. Il prit sa décision :

– Je vais aller me rouler un peu dans le lac Assal*, c'est cela qu'il me faut. C'est un petit peu de sel des pieds à la tête de mes rayons pour retrouver mes forces.

Il alla au lac et commença à se saler. Le temps passa.

Le soleil avait tant de rayons à saler qu'il choisit de rester un peu et, pour une fois, d'oublier d'aller éblouir Djibouti et la terre entière.

Toute la journée, seule une pâle lumière blanchâtre vint du lac Assal jusqu'à Djibouti éclairer un peu les filles que les garçons voulaient regarder droit dans les yeux.

Profitant de l'absence du roi du ciel, de lourds nuages noirs s'égaillèrent au-dessus de la ville. Ils vinrent en bandes, aussi hardis que des malheureux qui cherchent un point d'eau !

Pour s'alléger sans doute, et mieux danser dans le ciel, les nuages se mirent à pleuvoir sur les rues et les places. La pluie tomba plus belle et plus souple que de la paille de palmier-dattier*. Mais quelle pluie ! Ce ne fut pas avec de l'eau pure que les nuages du ciel mouillèrent la ville. Non. Ce jour-là sur Djibouti et particulièrement sur la rue des mouches*, il plut du lait blanc de chamelle. Les marchandes de hobob* ou de khasil* ou de malxamed* ou de fox* auraient dû être prudentes et se cacher, comme auraient dû se cacher les vendeurs occupés à agiter des dirix*. Les enfants joueurs auraient dû se cacher eux aussi.

Tous, hommes, femmes, enfants, restèrent dehors étonnés et surpris. Tous ouvraient la bouche, joyeux ! Tous laissaient cette pluie blanche dégouliner sur leur corps noir... Cette pluie blanche plus douce que le lait d'une jeune mère sous la lune.

Alors que la pluie tombait, Bouti* l'ogresse était dans sa cachette. Elle achevait de mâchouiller son herbe, sa drogue... Elle achevait de brouter* sa botte de khat*. Bouti ! Celle qui depuis que les pierres sont noires, le sel blanc et la mer rouge, dévore les femmes désobéissantes et les enfants qui ne savent pas s'endormir le soir. Celle qui arrache le cœur des cabris et va les déguster à l'ombre des grands jujubiers.

La méchante avait brouté ! Elle avait mâchouillé et mâchonné une grosse botte de khat bien frais. Elle n'avait plus sa tête ! Son esprit, si mauvais d'ordinaire, était devenu celui d'une jeune femme qui sait que toutes les paroles de toutes les sourates* du Coran lui ont appris que le Dieu du ciel existe et que c'est lui qui est vérité.

Voyant les gens de la ville devenus blancs, plus blancs que ces hommes blancs aux yeux bleus dont les oreilles roses n'entendent pas les paroles qui les concernent, elle se précipita, protégée de la pluie par un salli*, pour sauver ce qui pouvait encore l'être. Au coin de la place Mahamoud Harbi*, elle aperçut, descendus sur le seuil de leur porte, Abdek et Hanad, deux frères qui, sans sortir de chez eux, avaient regardé le lait tomber sur la ville, laissant Fardoussa, leur mère, s'occuper du ménage. Ils avaient tout vu, bien protégés derrière le moucharabieh* de leur fenêtre.

Bouti courut vers eux. Elle qui avait deux bras comme n'importe quelle femme prit Abdek sur son bras droit et Hanad sur son bras gauche. Elle eut bien soin qu'aucune goutte du lait blanc du ciel ne vînt mouiller leur peau noire. Elle les mena dans sa cachette.

Le temps avait passé. L'heure où les troupeaux vont au puits était arrivée. Le soleil avait presque terminé de se saler. Bouti à cause du khat restait encore une jeune femme aimable.

– Comment t'appelles-tu ?
– Je m'appelle Abdek.
– Et toi ?
– Je m'appelle Hanad.
– Moi, murmura-t-elle, mon nom c'est Bouti. Écoutez-moi : c'est une vraie malédiction du ciel, le lait de chamelle qui est tombé sur Djibouti aujourd'hui. Il n'y a guère qu'une solution pour que les hommes retrouvent leur vraie vie, leur vrai corps, leur vraie peau…

– Tu la connais, toi ?
– Oui, moi Bouti, je la connais.

Elle les serra contre elle doucement, comme une jeune mère qui berce ses enfants. Elle murmura :

– Il suffit en ce début de nuit, juste avant la naissance des rêves, qu'un enfant ou deux enfants endorment les hommes et les femmes par des paroles douces comme la soie ; des mots d'amour doux comme la soie...

Elle se mit à chanter :

Levez le voile de vos rêves
puisque tous vous êtes vivants
et si la nuit vous est trop brève
aimez-vous au soleil levant

Vos bouches et vos mains sont sans nombre
ensemble vous êtes vainqueurs
ensemble vous n'avez plus d'ombre
pour trop masquer votre seul cœur

L'homme et la femme sont une île
sur le désert ou l'océan
ils sont une île dans la ville
une île noire et rouge sang

Un peu plus tard, Abdek et Hanad dans les rues lancèrent le chant vers les portes et les fenêtres et les terrasses. Ils le lancèrent aussi vers le ciel, pour ceux qui s'endormaient au loin dans leur toukoul ou leur daboyta*.

Bouti avait fait le bien ! Le peuple noir de Djibouti avait retrouvé sa fierté noire.

Depuis ce jour, pour rester elle-même, aussi mauvaise et méchante que la reine des ogresses qu'elle n'aurait jamais dû cesser d'être, elle ne toucha plus une seule feuille de khat.

De Djibouti à la pointe de la corne d'Afrique, tous savent qu'à nuit tombante elle guette plus que jamais, pour les manger, les si beaux... si bons... si appétissants petits enfants.

Postface

Le souffle des ancêtres

*Écoute plus souvent
les choses que les êtres.
La voix du feu s'entend,
entends la voix de l'eau,
écoute dans le vent
le buisson en sanglots.
C'est le souffle des ancêtres...*

Ces mots d'un poème de Birago Diop en disent long sur la tradition orale transmise jusqu'à nous par les hommes d'Afrique mais aussi par les objets sculptés du quotidien et par une nature presque toujours à bout, presque toujours encombrée : ici de sécheresse, là d'un surplus d'arbres qui démangent le ciel.

L'Afrique noire et ses sociétés de parole arrivent jusqu'à nous à présent par l'écriture. C'est l'écriture en effet qui aujourd'hui peut rendre les ancêtres mieux visibles dans un monde traditionnel de plus en plus périssable.

Dans ce recueil, j'ai voulu offrir des sagesses encore trop ensevelies et faire partager au plus grand nombre les émotions de l'homme d'Afrique ; montrer aussi qu'en plus de leur dimension récréative et des enseignements qu'ils proposent, les contes d'Afrique, par leur parenté avec les contes populaires d'ailleurs, disent l'harmonie qui est celle des hommes dans leur imaginaire.

Il faut le constater, les promenades littéraires qui nous mènent du sacré au profane, c'est-à-dire du mythe au conte, empruntent dans les pays du Sud et les pays du Nord des chemins qui se ressemblent beaucoup.

J'ai souvent écouté, de l'île de Gorée, plantée dans l'Atlantique, à la Porte des Pleurs, détroit qui réunit la mer Rouge au golfe d'Aden, les paroles de plusieurs Afriques. J'ai glané ici la parole du griot hâtivement traduite pour l'invité que j'étais. J'ai écouté, à l'orée de la forêt sacrée qui m'était interdite, les chants des initiés. J'ai eu aussi la chance de tous les nomades, qui est d'accoutumer sa vie à celle des bêtes qui ne quittent un pâturage que lorsque la terre a été mise à nu.

Dans ce livre, je donne à lire ce que mes yeux ont lu sur quelques pages inachevées et ce que mes oreilles et mon cœur ont entendu sous l'arbre à palabres, dans la case en banco, sous la tente et sous ces toukouls tressées du peuple somali où l'homme et la femme échangent des paroles et des gestes de soie…

L'alphabet et le voyage ont fait que le barde breton que je suis par héritage est devenu griot par métissage.

L'écriture de ces contes et légendes de quelques Afriques se veut à bien des égards une passerelle entre les hommes. Je le répète, quand par l'écriture les contes ont fait peau neuve, ils ne se contentent plus de rendre seulement la tradition vivante. Ils cachent alors en eux des prophéties assez fortes pour que les garçons, les filles, les hommes, les femmes d'aujourd'hui osent continuer à rêver leur vie.

L'Afrique

Les pays d'Afrique dont sont issus les contes et légendes de ce recueil apparaissent en gris

BIBLIOGRAPHIE

Les pistes sont longues, pour le marcheur avide d'ombre, qui s'en va par la *Porte sans retour* de la maison des esclaves de l'île sénégalaise de Gorée pour aller, zigzaguant, jusqu'au seuil de l'autre *Porte*, celle *des larmes*, qui, à l'opposé du Continent, lie la mer Rouge au golfe d'Aden. J'ai parcouru cette Afrique à pied, en taxi-brousse et au rythme nomade de ceux qui abandonnent un territoire quand l'exige la vie des animaux. Tous ces voyages, réalisés oreilles et yeux ouverts, ont fait de moi un homme métissé de cœur et de parole.

Je me suis souvenu, pour ces *Contes et Légendes d'Afrique,* des tam-tams parleurs entendus souvent et de diverses manières de Conakry à N'Djamena en passant par Ouagadougou... Je me suis souvenu aussi de toutes ces paroles inutiles, ces mensonges du soir, ces contes futiles, utiles et instructifs, déroulés pour moi seul ou pour tous, la nuit. C'est quand la nuit est là et que l'on s'écoute parler autour du feu que les fétiches font semblant de laisser le monde visible et le monde invisible danser ensemble la danse des masques ou celle des baobabs...

Pour écrire la tradition, les paroles vivantes restent, encore aujourd'hui, aussi importantes que les grands travaux des linguistes et des ethnologues où obligatoirement le passeur de contes que je suis va se rafraîchir. Alors, en plus des mots-pilons de l'ouest et des mots-semelles de vent de l'est du continent, pour composer ce livre, j'ai repris la lecture de quelques ouvrages généraux dont : *Ethnologie et langage*, de Geneviève Calame-Griaule (édité par l'Institut d'ethnologie et le musée de l'Homme) ; *Le Langage des tam-tams et des masques en Afrique*, de Titinga Pacéré (éditions L'Harmattan) ; *Contes et récits traditionnels d'Afrique noire*, de Jacques Chevrier (éditions Hatier) ; *Des paroles douces comme la soie*, de Didier Morin (éditions Peters-France) ; *Le Mythe de sou*, de Joseph Fortier ; *Silâmanka et Poullôri*, récit épique peul, proposé par Christiane Seydou ; *La Geste de Ségou,* racontée par les griots bambaras et Gérard Dumestre. Ces trois derniers titres appartiennent à la collection « Classiques africains » des éditions Armand Colin.

Et puis, pour aiguiser plus encore mon accent, j'ai relu quelques livres de contes indispensables, dont : *Les Contes d'Amadou Koumba* et *Les Nouveaux Contes d'Amadou Koumba,* de Birago Diop (éditions Présence

Africaine) ; *Petit Bodiel et autres contes de la savane* et *Contes initiatiques peuls,* de Amadou Hampaté Bâ (éditions Stock) ; *La Belle Histoire de Leuk le lièvre*, de Léopold Sédar Senghor (éditions N.E.A.) ; *Contes et Légendes du Niger* et *Izé Gani,* de Boubou Hama (éditions Présence Africaine).

TABLE DES MATIÈRES

PETIT ABÉCÉDAIRE AFRICAIN
POUR MIEUX LIRE LES CONTES 11

I. ABDOU, L'AVEUGLE ET LE CROCODILE
(OUOLOF, SÉNÉGAL) 27

II. NOIX DE COLA (SÉNOUFO, CÔTE-D'IVOIRE) 35

III. LE VENT, LA HYÈNE ET LA TORTUE
(SÉNOUFO, CÔTE-D'IVOIRE) 41

IV. COMMENT, SUR LES BORDS DU FLEUVE NIGER,
NAQUIT SÉGOU, LA VILLE DES KARITÉS ET DES ACACIAS
(BAMBARA, MALI) 53

V. POURQUOI LA PANTHÈRE A LA PEAU TACHETÉE
(KABIYÉ, TOGO) 65

VI. ANDJAOU AU PAYS DES FEMMES (KABIYÉ, TOGO) 75

VII. POURQUOI LES ANIMAUX SAUVAGES VIVENT
DANS LA BROUSSE (KABIYÉ, TOGO) 85

VIII. LA VRAIE RAISON DU FAUX DÉPART DU MOOGHO
NABA DE OUAGADOUGOU (MOSSI, BURKINA-FASO) 99

IX. LE JOUR DE LA BIÈRE DE MIL (SARA, TCHAD) 113

X. Éléphante d'abord, éléphante encore
(Sara, Tchad) 123

XI. L'Une est comme ceci, l'autre comme cela
(Sara, Tchad) 131

XII. Les deux filles belles comme des melons
d'eau (Sara, Tchad) 147

XIII. La Fille qui attrapa le serpent
(Sara, Tchad) 155

XIV. Les deux sœurs (Hutu, Rwanda) 167

XV. La Hyène qui voulait un époux
(Tutsi, Rwanda) 181

XVI. Le Chasseur plus fort que le lion
qui avale l'orage (Tutsi, Rwanda) 193

XVII. Bouti de Djibouti (Somali, Djibouti) 211

Postface - Le souffle des ancêtres 221

Carte 226

Bibliographie 227

Yves Pinguilly

est né à Brest, le 5 avril 1944. Adolescent, il découvre les sept mers et presque tous les continents. Déjà, il se laisse métisser par les couleurs du monde.

Il a écrit une quarantaine de livres pour la jeunesse.

Fin connaisseur du continent africain qu'il fréquente depuis plus de vingt-cinq ans, il est l'auteur de plusieurs romans ou récits ayant pour cadre le Togo, le Burkina-Faso, le Niger, la Guinée. On lui doit déjà un recueil de contes d'Afrique de l'Ouest, *Le Lièvre et la soupe au pili pili*.

Aujourd'hui, le temps d'une escale, il écrit dans sa maison de Bretagne, léchée d'un côté par les forêts d'Argoat et de l'autre par le lointain bruit des vagues de la mer d'Iroise.

Quelle que soit la saison, Yves Pinguilly aime se promener sur les grèves et marcher sur les goémons. C'est là qu'il rencontre sa Morganès préférée qui est une fée vêtue de mousseline verte, de perles fines et de corail. Quand il marche dans un chemin creux à l'ombre des chênes ou des noisetiers, c'est parce qu'il a rendez-vous avec Viviane qui s'est pour lui éloignée un peu de la forêt de Brocéliande. À l'une et à l'autre, il donne des nouvelles de leurs lointaines cousines africaines, Mami-Watta qui nage toujours entre deux eaux dans le golfe de Guinée, et Mariama, la fille de Gaa, reine-mère de tous les dieux et esprits du bassin du Niger.

Quand on demande à Yves Pinguilly quelles sont les universités où il s'exerça à devenir un maître de la parole, il n'évoque que des fées et ajoute en confidence : « Je ne suis rien d'autre que la résultante de mes amours. »

Cathy Millet

Cathy Millet est son pseudonyme.
Christian Roux est son vrai nom.

DANS LA MÊME COLLECTION

Contes et Légendes - Les Héros de la mythologie, Christian Grenier.
Contes et Légendes - La naissance de Rome, François Sautereau.
Contes et Légendes - Les Héros de la Rome antique, Jean-Pierre Andrevon.
Contes et Légendes - Les Métamorphoses d'Ovide, Laurence Gillot.
Contes et Légendes - La Mythologie grecque, Claude Pouzadoux.
Contes et Légendes - Les Héros de la Grèce antique, Christian Grenier.
Contes et Légendes - L'Iliade, Jean Martin.
Contes et Légendes - L'Odyssée, Jean Martin.
Contes et Légendes - Les douze travaux d'Hercule, Christian Grenier.
Contes et Légendes - L'Égypte ancienne, Brigitte Évano.
Contes et Légendes du temps des pyramides, Christian Jacq.
Contes et Légendes de la mythologie celtique, Christian Léourier.
Contes et Légendes des Jeux d'Olympie, Brigitte Évano.
Contes et Récits des Jeux olympiques, Gilles Massardier.
Contes et Légendes - Les Vikings, Lars Haraldson.
Contes et Légendes - Les chevaliers de la Table ronde, Jacqueline Mirande.
Contes et Légendes - Le Moyen Âge, Jacqueline Mirande.
Contes et Légendes - Les héros du Moyen Âge, Gilles Massardier.
Contes et Récits - Les grandes énigmes de l'Histoire, Gilles Massardier.
Histoires et Récits de la Résistance, Christian Léourier.
Contes et Récits - Paris, Stéphane Descornes.
Contes et Récits de la conquête de l'Ouest, Christophe Lambert.
Contes et Légendes - L'Afrique d'ouest en est, Yves Pinguilly.
Contes et Légendes - La Corne de l'Afrique, Yves Pinguilly.
Contes et Légendes d'Arménie, Reine Cioulachtjian.
Contes et Légendes - Légendes de Bretagne, Yves Pinguilly.
Contes et Légendes de Provence, Jean-Marie Barnaud.
Contes et Légendes - Fées et princesses, Gudule.
Contes et Légendes des lieux mystérieux, Christophe Lambert.

Contes et Légendes de la peur, Gudule.
Contes et Récits - Les chevaux illustres, Pierre Davy.
Contes et Légendes des animaux magiques, Collectif.
Contes et Récits des héros de la montagne, Christian Léourier.
Contes et Légendes de la nature enchantée, Collectif.
Contes et Récits - Icare et les conquérants du ciel, Christian Grenier.
Contes et Légendes - Barberousse et les conquérants de la Méditerranée, Claire Derouin.
Contes et Légendes du loup, Léo Lamarche.
Contes et Légendes - Les Mille et Une Nuits, Gudule.
Contes et Récits des pirates, corsaires et flibustiers, Stéphane Descornes.
Contes et Légendes des Fantômes et Revenants, Collectif.
Contes et Récits du cirque, Laurence Gillot.
Contes et Légendes - Les amoureux légendaires, Gudule.
Contes et Récits - Alexandre le Grand, Dominique Joly.
Contes et Légendes - Rois et reines de France, Brigitte Coppin.
Contes et Légendes - Jason et la conquête de la Toison d'or, Christian Grenier.
Contes et Légendes des Mille et Un Jours, Sarah K.
Contes et Légendes - Elfes et Lutins, Gudule.
Contes et Légendes des Cités et des Mondes disparus, Anne Jonas.
Contes et Légendes des Sorcières, Léo Lamarche.
Contes et Légendes - Ogres et Géants, Gudule.
Contes et Légendes - Les Sept Merveilles du Monde, Anne Pouget.
Contes et Légendes - Carthage, Claude Pouzadoux.
Contes et Légendes - Légendes yiddish, Anne Jonas.

N° d'éditeur : 10195025
Dépôt légal : février 2013
Imprimé en Espagne par Graficas Estella

CONTES ET LÉGENDES

La collection de la mémoire du monde

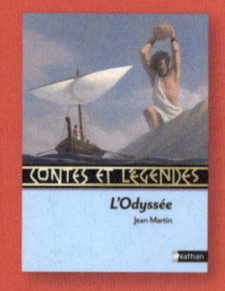

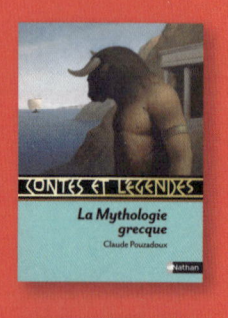

L'Iliade — Jean Martin

L'Odyssée — Jean Martin

Les douze travaux d'Hercule — Christian Grenier

La Mythologie grecque — Claude Pouzadoux

Les Héros de la mythologie — Christian Grenier

Les Héros de la Grèce antique — Christian Grenier

Les Héros de la Rome antique — Jean-Pierre Andrevon

La naissance de Rome — François Sautereau

Jason et la conquête de la Toison d'or — Christian Grenier

Les Métamorphoses d'Ovide — Laurence Gillot

Les Sept Merveilles du Monde — Anne Pouget

Les amoureux légendaires — Gudule